진

달

래

아

리

그래서 **고양이 집사로** 산—다

진달래아리

윤성의

yeon doo

차례

○ 프롤로그

여행보다 강한 마력, 고양이

이집트 룩소의 은공방에서 만들어온 카르투쉬 반지를 십 년 넘게 끼고 다녔다. 새의 깃털이라거나 딱정벌레 모양의 상형문자로 새겨진 내 이름을 보호하듯 카르투쉬라는 밧줄 모양의 테두리가 둘려 있다. 원래 그 테두리는 파라오의 고귀한 이름에만 허용됐던 상형문자 기호라고 했다. 오랫동안 잊지 않고 끼고 다녔지만, 특히나 어디로든 여행을 떠날 때면 마치 부적을 챙겨들듯 반지를 손가락에 꼭 끼고 다녔다. 파라오의 가호를 입은 덕분에 여태까지 여행을 다니던 중에 크게 사고를 당하거나 어려움에 처한 적은 없었다.

여행에 대한 갈망과 욕심은 날로 커져만 간다. 중독이다. 낯선 곳에서 알아듣지 못할 말풍선이 사방으로 난무하고 익숙하지 않은 관습들에 덜컹거리는 순간들이 주는 긴장감과 설렘을 기대한다. 매일 아침 첫머리에 뻔한 하루의 루틴을 예견하며 지레 피곤해지는 것이 아니라 어떤 새로운 경험과 풍경을 마주하게 될지 눈을 반짝거리며 침대를 박차고 나올 수 있다면 얼마나 행복할까.

가능한 여행을 가서는 많이 걷고자 하는 편이다. 그저 여행 명소에서 명소로 점 찍듯 옮겨 다니는 것은 너무 단편적인 것 같아서 이동하는 과정에서도 사방을 두리번거리며 굵은 선을 긋고 싶다. 그렇게 골목을 따라 선을 촘촘하게 그으며 여행을 다니다 보면 어느새 한바닥 깜지를 채우듯 그 선들로 동네를 까맣게 덮어서 조금이라도 더 깊숙이 느낄 수 있지 않을까 생각했다. 그게 한때 내가 생각하는 여행이었다. 이젠 그런 여행 방식도 있지, 정도로 생각이 바뀌었다. 사실 여행이라고 늘 설레거나 힘찬 건 아니다. 한 달 넘게 터키와 이집트를 떠돌았을 때, 열흘 넘게 하루 열 시간씩 걸으며 히말라야를 오르내릴 때, 아니면 여행을 함께했던 친구와 사이가 틀어졌을 때면 그런 생각이 들었다. 내가 여기서 뭐하는 거지. 여행이 일상이 되면, 어제가 오늘이 되고 오늘은 내일이 된다. 선을 긋고 면을 만들어내기는커녕 하루의 일정을 해치우는 데 급급해지고 마는 거다. 그러고 나면 결국 여행도 별 수 없구나, 마음먹기 나름인 건가 싶어지면서 돌아갈 때라고 직감하게 된다.

고양이는 그런 점에서 천부적인 여행자 같다. 아침마다 해가 뜨고 새로운 날이 오는 게 그렇게도 신기하고 좋은지 우다, 변함없이 신나고 열정적으로 하루를 맞이한다. 벌써 수백 번은 돌아봤을, 크지도 않은 집의 귀퉁이마다 낯설고 새로운 곳을 탐험하는 양 꼼꼼하고 조심스레 돌아본다. 코를 킁킁거리고 앞발로 톡톡 쳐보다가는 고개를 갸웃거리 길 반복이다. 함께 사는 사람들에게도 마찬가지다. 매일 보는 얼굴이나 손길인데도 질릴 줄 모르고 빤히 바라보다가는 문득 새로이 큰 결심이라도 내린 것처럼 슬그머니 다가와서 찬찬히 살피고 코로 냄새를 맡는다. 마주하는 사람에게도 덩달아 어떤 설렘이나 새로움을 느끼게 하는 순간이다. 사랑이 막 시작되려 할 때처럼 마구 애정이 솟아난다. 그렇게 애정을 담되 낯설게 볼 줄 알고, 또 미련 없이 돌아설 줄도 안다. 쓰다듬거나 안아달라며 마구 보채다가도 충분하다 싶으면 훌쩍 내려서서는 손이 닿지 않는 곳으로 떠난다. 가히 어딘가에도 매이지 않는 올곧은 여행자의 자세답다.

그런 고양이라서일까. 고대 이집트에서는 신성한 존재로 숭배의 대상이 되기도 했다던데 고양이를 보고 있으면 그 자체로 어딘가 여행을 떠나는 기분이 든다. 고양이를 숭배하는 나만의 방식인지도 모른다. 우선 외모 자체로 다녀왔던 어딘가의 풍경을 떠올리게 한다는 점에서 그렇다. 삐노의 짙은 파랑 눈빛과 대비된 새하얀 털빛은 인도의 타지마할을 떠올리게 하는가 하면, 달래의 초록빛이 일렁이는 눈빛은 요정들이 산다는 크로아티아 플리트비체의 초록 물빛을 연상하게 한다. 그런가 하면 호안석처럼 묵직하고 몽환적인 아리의 노랑빛 눈은 이집트 시와에서 마주했던 장엄한 사하라사막의 기억으로 이어진다. 어디 하나 뭉툭하거나 날카롭지 않게 완만한 곡선을 그리는 몸은 그 자체로 호주의 울룰루나 사하라사막의 듄에서 느꼈던 자연스럽고도 우아한 선을 닮았다. 게다가 녀석들이 우아하게 움직일 때 거죽 아래에서 불끈거리는 근육의 움직임이라니, 두브로브닉이나 울릉도 앞 먼바다의 두터운 파도가 미묘하게 움직이는 그 섬세함을 꼭 닮았다.

녀석들을 좀처럼 이해하기 어렵다는 점도 여행의 매력과 닮았다. 다른 종의 생물이니 당연한 일 같기도 하지만, 정말이지 워낙 다른 게 많다. 무슨 생각을 하는지, 어떤 습관이나 패턴이 있는 건지 파악하기가 쉽지 않다. 아무리 많은 고양이를 접하고 길러봐도 마찬가지일 것 같다. 자기들끼리도 장난치다가 엉뚱한 짓으로 튀어버리는 걸 보면 고양이들끼리도 말이 통하기는 하려나 의심스럽기도 하다. 대충 눈빛이나 꼬리의 움직임, 분위기로 어림짐작이나 할 뿐 끝내 낯설기만 할 테니, 사람과 고양이의 만남이란 생판 처음 접하는 나라의 외국인 아니 외계인과의 조우에 비길 만큼 엄청난 일 아닐까. 그런 데다가 녀석들이 바라보는 세상이란 걸 따져보자면 사람들의 그것과는 판이하게 다른 거다. 고양이 눈이란 사람 발목쯤에나 달려 있는 셈이니 눈높이가 다르고, 대체로 시각에 기대는 사람과는 달리 후각에 기대어 세상을 감각하고 있을 텐데 그 세상이 어떤 모습일지 인간으로서는 도무지 상상조차 하기 힘든 일이다.

그렇게 어느 결에 내게는 고양이와 여행 사이에 뗄레야 뗄 수 없는 연결고리가 생겨버렸다. 이제는 함께 살고 있는 고양이들을 보고 있으면 여행지에서 만났던 녀석들까지 덩달아 연상된다. 단숨에 여행의 조그마한 순간들까지 뻗어나가 생생한 추억으로 되살아나곤 하는 거다. 그러니까 이 글들은 고양이를 빨랫줄 삼아 내 여행의 순간들을 널어둔 셈이라 쳐도 좋겠다. 여행하는 와중에 예기치 않게 고양이들을 만나기도 하고, 고양이들과 함께 살면서 문득 지금 내가 여행 중이구나 느끼기도 했던 순간들 말이다. 그 순간들에 대한 기억은 시간이 지나 조금은 구김이 지거나 원래 모양새와는 달라졌을지 몰라도 엄연히 내가 한때 온전히 살았던 것들이다. 내키면 언제고 다시 팔다리에 꿰어보거나 그저 다시 한 번 바라보면서 지금의 나는 어떤 여행을 하는 중인지 가늠해볼 수도 있을 것 같다. 이러니저러니 결국 고양이에 빠져들고 나서는 좀처럼 헤어나올 길이 없다.

○ 1부 | 고양이로의 여행

이집트 다합, 처음으로 고양이를 품던 순간

군대 이야기는 되도록 하고 싶지 않지만, 고양이가 좋아진 계기를 말하려면 아무래도 군대 이야기부터 시작하게 된다. 공군으로 복무했던 군 생활이 2년하고도 반 년에 달하던 그때, 내 의지와 관계없이 나를 난폭하게 조종해서는 원하지 않는 곳에 처박아버릴 수 있는 무지막지한 힘이 세상엔 존재한다는 걸 처음으로 실감했더랬다. 비행기라곤 보이지도 않는 야산 정상에서 병정 놀이를 하다가 지칠 때면 철조망 아래 지뢰밭으로 힘껏 집어 던지던 담배 꽁초를 향해 시선이 따르고, 가끔은 몸뚱이까지 움찔거리곤 했다. 제대가 1년쯤 남았을 무렵엔 그런 걱정이 들었다. 이대로 몸과 마음에 군대의 흔적만 잔뜩 남겨놓고 사회로 돌아가고 싶진 않은데. 분위기도 모르고 군대 타령만 하는, 보상 심리에 가득 찬 복학생이라니 생각만 해도 너무 끔찍했다.

군대의 경험을 싹 지워버릴 만한 뭔가가 필요했다. 사회로 돌아가기 전에, 군대에서의 시간은 마치 없었던 것처럼 그보다 강렬하고 인상적인 쉼표를 하나 찍고 싶었다. 친구들이

(군대) 잘 다녀왔니, 하고 물어보면 응 (여행) 잘 다녀왔어, 라고 답하기로 했다. 제대하고 복학하려면 대충 한 달 반 정도의 시간은 여행에 쓸 수 있었다. 가능한 거칠고 터프하게 여행을 하면 군대에서 묻힌 때를 씻어낼 수 있을 거라는 생각으로 되도록 사람들이 가지 않는 곳들을 탐색했다. 권총 강도가 횡행한다는 남미를 가는 건 어떨까, 아르헨티나를 거쳐 얼음투성이 남극을 가볼까, 아니면 시베리아 횡단 열차를 타고 유라시아를 가로지르는 건 어떨까. 어디가 됐든 당장 눈앞의 현실에 온통 몰입할 수 있는 하드보일드한 곳이면 좋겠다 싶었다. 어쩌면 그건 군대에 매몰됐던 2년 반의 삶을 어떻게든 내게서 벗겨내고 싶다는 강박 같은 거였는지도 모르겠다.

어디를 갈까 고민하는 시간은 굉장히 즐거웠지만, 실제로 장소를 정하는데 가장 큰 고려 사항이 되었던 건 역시 예산이었다. 짬이 좀 찬 군인답게 공중전화에 비스듬히 기대어 한 손을 주머니에 넣고 짝다리를 짚었다. 부모님께 제대하고 바로 여행을 가겠다고 이야기하니 여전히 정신을 못 차리고 놀러다닐 생각만 하는구나, 하는 타박이 돌아왔다. 애초 기대도 없었지만, 고스란히 내가 돈을 마련해야 하는 상황이었다. 유럽이나 미국처럼 물가가 비싼 나라는 나중에, 체력이 떨어진 대신 돈은 좀 생겼으리라 기대되는 먼 훗날 언젠가의 내게 양보하기로 했다. 병장 월급이랍시고 이만

원이 겨우 넘던 때라 모아둔 돈이라 봐야 이것저것 합쳐도 얼마 되지도 않았으니 일을 해야 했다. 다행히 공군은 휴가가 많은 편이었고, 8주마다 기본으로 나오는 3박 4일 휴가에 이것저것 포상을 덧대어서 한 번 나올 때마다 일주일 가까이 머물 수 있었다. 휴가를 나오면 인력 사무소로 출근하기 시작했다.

서울 창동의 북한산아이파크 신축 현장이나 삼성동 현대산업개발 개축 현장, 아산병원 연구동 증축 현장은 꽤나 여러 차례 찾았던 곳이다. 인력 사무소에서 거의 랜덤으로 보내줬는데, 우연찮게도 그 세 군데 현장은 반복해서 차출됐다. 아파트 현장에서는 남아 있는 잡다한 쓰레기를 정리하는 잡부로 투입됐는데, 건물 밖 공용 화장실까지 내려가기 귀찮은 작업자들이 이후 사람들이 눕고 앉을 공간 곳곳에 산처럼 싸지른 것들이 그야말로 장관이었다. 병원 현장에서는 각목에 박혀 있던 녹슨 못을 실수로 밟아 운동화를 뚫고 발바닥 깊숙이 못이 박혀 버리기도 했다. 작업 반장님은 별일 아니라면서 뽕망치질 하듯 망치로 피가 흐르는 구멍 주변을 툭툭 때려주었고, 그때마다 뽁뽁 피가 뿜어 나왔다. 그러고는 이제 됐다며 다시 일을 시켜서 얼결에 지나가 버렸다. 다시 생각하면 파상풍에 안 걸린 게 요행이지 싶다. 그렇게 돈을 모아도 결국 삼백만 원을 채우지는 못했던 것 같다. 원래는 터키, 이집트, 시리아를 거쳐 비싼 나라 요르단을 살짝 찍고 오려던 계획이었는데 터키와 이집트로 일정을 줄여야 했다. 디지털 카메라도 사고 싶었지만, 대신 집에 있는 필름 카메라를 들고 가기로 했다.

터키를 걷고 이집트를 걸었다. 카파도키아에서, 안탈랴에서, 시와에서, 룩소에서 내처 퍼질러 앉아만 있어도 좋겠다는 생각이 들었지만 일정이 있었다. 그나마 여유롭게 짠다고 하루 단위로 짰던 계획은 반나절 이상의 오차가 생기면 일그러지게 되었고, 그렇게 되면 내가 생각했던 하드코어한 여행이 느슨해질까 걱정스러웠다. 카이로로 돌아가 귀국편 비행기를 타기 전 마지막 여정은 다합이었다. 스노클링이나 다이빙 스팟으로 유명한 곳이라지만 딱히 물에 들어갈 생각은 없었던 터라 계획을 짜면서도 긴가민가 하던 곳이었다. 막상 와보니 여기도 참 좋았다. 사하라사막으로부터 이어져 홍해로 촉촉하게 잠겨 들어가는 모래사장도 좋았고, 저녁이 되면 홍해 너머 사우디아라비아에서 주홍색 불빛이 일제히 밝혀지는 모습도 인상적이었다. 그리고 이제 여행은 막바지에 이르렀다.

종일 누워 있었다. 바닷가 모래사장에는 누덕누덕한 양탄자를 여러 겹 깔아둔 위에 작은 테이블 하나와 커다란 쿠션들을 아무렇게나 흐트러뜨려둔 자리들이 여럿 마련되어 있었다. 아침에 눈뜨면 어슬렁대며 나와서 간단하게 요기하고, 반쯤 누워서 사과향 물담배를 피우다가 망고주스나 사탕수수주스를 마시며 잔잔한 바다를 구경하곤 했다. 그러다가 점심 때가 되면 또 뭔가를 시켜 먹고, 책장을 뒤적거리다가 살풋 잠이 들기도 하고. 바닷바람과 바닷물에 꾸덕꾸덕해진 양탄자의 거친 질감도 편안했고, 색바랜 실크 재질 쿠션의 쿰쿰한 냄새도 향기로웠다. 왠지 몰라도 다합에 사흘이나 할애해둔 자신을 칭찬하고 싶은 시간이었다. 주변에는 사람도 거의 없어 한적하고, 가끔 사탕수수 보따리를 얹은 당나귀나 나른한 고양이가 한두 마리 지날 뿐이었다.

어렸을 적에 봤던 만화 중 그런 장면이 있었다. 흙먼지를 일으키며 내닫는 말 위에 앉은 카우보이가 뭐라 큰소리로 내지른 말풍선이 미처 사람을 쫓이기지 못하고 데굴데굴 굴러떨어지는 장면. 그런 식으로 부지런히 움직이며 여행하는 동안 뒤쳐졌던 생각들이 그제야 쫓아왔다. 여행이 끝나간다는 아쉬움에 더해 군 생활을 디톡스한답시고 자신을 재우친 극기훈련이 되고 만 건 아닌지 하는 반성은 이제 돌아가면 어떻게 살지에 대한 걱정으로 꼬리를 물었다. 졸업도 해야 하고 취직 준비도 해야 하고, 제대 이후의 삶도 사실 자유가 박탈되었던 군대에서의 삶과 크게 다르지 않을 것 같기도 했다. 이제 내가 원하지 않는 상황에 처하는 일은 피하겠다고 했지만 그게 어디 쉬운 일일까. 시간을 팔아 돈을 버는 일이란 게 내가 원하는 일만 골라서 할 수도 없을 테고, 무얼 잘할 수 있는지도 모르겠고. 앞일에 대한 생각 끝에 우울함을 대출받아 날카롭게 가시가 서고 있었다.

고양이 한 마리가 다가온 게 그때였다. 꼬리가 길고 두툼한 노랑색 치즈냥이였는데 아까부터 바닷가 주변을 어슬렁거리는 꼴이 눈에 밟히던 녀석이었다. 양탄자 위에 길게 누운 채 살짝 구부린 내 두 다리 사이로 잔뜩 치켜세운 꼬리를 슥슥 스치우는 거였다. 테이블 위에는 까맣게 재만 남기고 사그라든 물담배만 놓여 있었으니 먹을 걸 원하는 몸짓도 아니었다. 앨리스의 체셔 고양이처럼 살짝 웃는 입꼬리를 하고는, 그저 눈을 초롱초롱 빛내며 내게 머리를 들이대고 몸을 부벼왔다. 고양이를 몰랐던 때라 이게 지금 뭘 하자는 건지 어떻게 하면 좋을지 아무 생각도 들지 않았다. 곤두섰던 신경들이 한순간에 나른해졌다. 무기력하고 우울해지던 생각들도 덩달아 뚝 끊겼다. 어느새 녀석은 아예 종아리를 베개 삼아 몸을 뉘여버렸는데 그때의 그 따뜻한 열감과 부드러운 감촉이라니. 이렇게 누군가에게 곁을 줄 수도 있구나, 어떻게든 살아지겠구나, 그렇게 누그러져 버렸다. 내가 고양이와 사랑에 빠진 순간이었다.

프랑스 파리, 플리마켓에서 만난 고양이 인형

때는 바야흐로 코로나 시대, 운 좋게도 재택 근무를 할 수 있는 여건이라 몇 개월째 집에서 일하고 있다. 한국인에게 소파는 앉는 물건이 아니라 등받이라고 했던가. 딱딱하고 차가운 마룻바닥에 앉아 소파 발치에 등을 기댄 채로 노트북과 눈싸움을 하다 보면 어느 순간 둘째 아리나 셋째 삐노가 슬며시 다가온다. 녀석들의 공격은 상대의 허를 찌른 채 낮은 포복으로 등 뒤를 장악하면서부터 시작이다. 그러니까 한국인이 아니라 보통의 인류가 소파에서 앉아야 할 곳에 앉아서 내 뒤통수를 직면할 때다. 영화 〈타짜〉의 대사를 빌어보자면, 문득 싸늘하다. 목덜미에 발톱이 날아와 꽂힌다. 하지만 걱정하지 마라, 녀석들의 발톱은 젤리만큼 부드러우니까. 당연히 부드럽지는 않다. 밤낮으로 소파와 침대와 캣타워를 제물 삼아 갈고 닦고 있는 발톱인데 부드럽거나 뭉툭할 리 없다. 사방으로 초승달 모양의 발톱 부스러기가 튀어나가는 속도는 셋째 삐노가 들어오고 나서 두 배로 늘었다. 믿을 거라곤 발톱 뿐이라며 거침없이 군비 경쟁 중인 듯하다.

그렇지만 이건 일종의 놀이다. 잘 갈려서 뾰족한 바늘 수준인 발톱 하나만 딱 꺼내들고 슬쩍, 하는 느낌으로 천천히 조심스레 접근해서는 목 뒤를 살포시 콕. 화들짝 놀라서 돌아보면 아무 일도 없었던 양 딴청을 피운다. 머리를 긁적이고는 몸을 돌려 노트북과의 눈싸움을 재개할라치면 다시 콕. 어렸을 적 친구 고개를 숙이게 하고는 손가락 하나로 목덜미를 찌르고 무슨 손가락으로 찔렀는지 맞추는 놀이랑 꼭 같다. 이렇게나 놀아달라니 또 가만 있을 수 없지. 콕콕 찌른 발가락을 찾아내겠다며 앞발을 잡으려 들면 꼬리를 바싹 세우고는 후다닥 소파 쿠션을 박차고 뛰어 도망가기 바쁘다. 그 뒤를 왓, 소리지르며 쫓아다니며 거실에서 부엌을 한두 바퀴 다녀오면 딱딱한 바닥에 덩달아 딱딱해졌던 엉덩이가 좀 풀렸다. 요새는 목덜미뿐 아니라 등짝 어디든, 다소 무차별적으로 찔러대는 것으로 패턴이 바뀌고 있다. 장난스럽고 애정 가득한 놀이지만, 안타깝게도 알러지 탓에 그 부분이 모기에 물린 듯 부풀어오르는 건 어쩔 수 없다.

정말이지 고양이의 앞발은 대단한 물건이다. 내게 '어느 손가락이게' 놀이를 시전할 만큼 섬세하고 정교한 건 말할 것도 없고, 고양이의 기분을 나타내는 바로미터라는 꼬리 못지않게 다양한 감정을 표현하는 것도 가능하다. 아침에 깨울 때 앞발로 얼굴을 톡톡 치는 것으로 시작해 화장대 위의 액자부터 헤어드라이기를 하나씩 툭툭 쳐서 떨어뜨리는 건 이제 그만 일어나라, 분노 게이지가 올라가고 있다는 다단계의 위험 신호. 밥을 달라거나 간식을 달라고 할 때 근처 테이블 위에 컵이나 책을 조금씩 슥슥 밀어서 가장자리로 가져가는 건 약간의 투정이 섞인 칭얼거림. 요가의 고양이 자세처럼 두 앞발을 쭉 모아 뻗고서 상체를 잔뜩 늘려 기지개를 켤 때의 그 복실복실한 앞발은 순간 주변 분위기도 나른하고 평안하게 바꿔버린다. 골골거리며 앞발을 번갈아 지그시 눌렀다 떼었다 반복하는 꾹꾹이에서는 그런 평안함이 극에 달해 열반해버릴 지경인가 하면, 순식간에 체중을 실은 원투훅을 날리는 냥펀치에서는 결연함과 날카로움이 느껴진다.

그런 포즈들을 하나하나 기억해두고 싶은데 쉽지 않다. 사진으로는 잘 찍히지도 않는다. 얌전하게 가만히 있다가도 카메라나 스마트폰만 들이대면 용케도 알아채고 도망가거나 자세를 바꿔버린다. 꼭 앞발이 두드러진 포즈가 아니어도 되는데, 다 이쁘니까, 네 발을 모두 몸으로 숨기고 눌러앉은 식빵 자세가 되었든 네 발을 가지런히 모아앉은 자세가 되었든 도무지 그 순간을 잡아내기가 어려운 거다. 목이 늘어나거나 눈이 희번득거리거나 유령처럼 실루엣이 불분명해진, 이른바 망한 고양이 사진만 잔뜩 늘어날 뿐이다. 그러다 보니 고양이 인형이나 사진, 그림들이 있으면 더더욱 눈을 떼기가 어려운지도 모르겠다. 다른 뭔가 살 것이 있었더라도 만사 제쳐놓고 고양이 인형이니 그림을 구경하는 게 일이라지만, 또 그만큼 눈이 높아져서 마음에 드는 것을 찾기가 어렵기도 하다. 귀엽기만 해서도 안 되고 너무 현실적이어서도 안 되고. 표정이 너무 강아지같이 드러나진 않았으면 좋겠지만 또 차가워 보이기만 하면 싫고.

아마도 프랑스 파리에서 찾았던 녀석이 내가 처음 샀던 고양이 인형이었던 걸로 기억한다. 숙소를 따로 예약하지 않고 유학 중인 친구 집에 얹혀서 열흘 가까이 지냈다. 친구가 이른 아침에 도서관으로 가고 나면, 나는 갓구운 빵 냄새를 따라 걷다가 아무 빵집에나 들러 크로아상과 에스프레소를 사들고는 가까운 공원에서 뿌듯한 아침식사를 즐기는 게 패턴이었다. 친구와 시간을 맞춰 오르세 미술관을 돌아보거나 대학가 주변에서 저녁식사를 하고 세느강의 바토무슈 유람선을 탔던 걸 제외하면 대부분 혼자 아침부터 저녁 늦은 시간까지 돌아다녔다. 그렇게 일요일, 여행의 마지막 날이었다. 회사를 다니는 중에 내는 여름 휴가라는 게 대개 길어봐야 일주일, 거기에 앞뒤로 붙은 주말에 천금같은 연휴까지 조합해서 만들어낸 귀한 시간이다. 출근하기 직전, 마지막 한 톨의 시간까지도 한국이 아닌 타지의 하늘 아래에서 즐기고 싶었다. 튈를리 정원 근처에 플리마켓이 연다는 이야기에 잘됐다 싶어서 기꺼이 마지막 코스로 잡았다.

플리마켓의 왁자지껄함은 언제나 좋다. 드림캐쳐에 플라스틱꽃, 후추와 소금통 세트, 오래된 카메라나 뿌옇게 흐려진 거울, 화병, 온갖 잡동사니들이 되는 대로 늘어세워진 무질서한 모습도 분방해서 좋고 잔뜩 모인 사람들이 자연스러운 흐름을 만들며 강물처럼 넘실넘실 움직이는 것도 재미있다. 장화신은 고양이 세 마리가 영화 〈슈렉〉에 나오듯 잔뜩 애교를 부리는 눈빛으로 걸어나오는 듯한 에코백이 먼저 눈에 띄었다. 애절하면서도 도도하고, 장난스러우면서도 진지한 눈빛. 다 좋았는데 아쉽게도 색감이 너무 빈티지했다. 에코백을 쓸 일도 별로 없고. 옆에 인형가게로 자리를 옮겼다. 도기로 된 소녀나 요정 인형들이 귀엽긴 했지만 한 켠에 잔뜩 모여 있던 고양이 인형들에 비할 바 아니다. 누가 뭐래도 고양이, 고양이를 향한 일편단심이야 가실 줄이 있으랴. 온갖 포즈를 하는 온갖 생김새의 크고 작은 고양이들이 거기 있었다. 재질도 도자기, 퀼트, 천, 플라스틱 등 다양했다.

그중에서도 눈에 콕 박힌 녀석이었다. 살포시 눈꺼풀을 내리감고서 슬쩍 머리를 땅바닥에 숙인 포즈, 무엇보다 장식장 밖으로 노곤하게 늘어뜨려진 왼쪽 앞발과 뒷발 한짝이 압권이었다. 털이 부숭부숭한 두 발을 그렇게 공중에 걸쳐놓고 새근대며 잠들어 있는 모습이라니. 눈을 감기고 정수리에 털을 조금 신경써 묘사했을 뿐인데 얼굴 표정도 너무 신비롭다. 이건 무조건 내꺼다 싶었다. 흰색 바탕에 검정색과 갈색 무늬가 점점이 찍혀 있는 삼색이 고양이었다. 주변에 비슷한 형제 고양이들이 다른 포즈를 취하고 있다는 게 그제야 눈에 들어왔다. 스핑크스처럼 모은 앞발을 몸 앞에 내려놓고는 엉덩이를 조금 비틀어 주저앉은 녀석이 짝지로 어울릴 것 같았다. 꼬리도 역시 스핑크스처럼 몸의 오른쪽 라인을 따라 감아올렸다. 노랑색 눈을 크고 다정하게 뜨고서, 살짝 웃는 듯 입매를 실룩거리는 표정까지 두 녀석은 형제인 게 틀림없었다. 저 늘어진 녀석이 감은 눈을 뜨면 샛노란 눈이 활짝 열리겠구나, 틀림없이.

공항으로 떠나기 전 마지막 점심은 샹젤리제에 늘어선 야외 테이블이 그럴듯한 곳으로 정했다. 뭘 먹을지는 큰 상관이 없었지만, 마지막까지 이곳의 분위기와 풍경에 젖어들 수 있는 곳을 찾고 싶었다. 파리지앵들은 휴가 마지막 날 공항으로 향하기 직전의 여행자보다도 여유로워 보였다. 휴가를 위해 일한다는 그들, 1년에 4주 휴가는 보통이고 6주에서 8주 휴가도 드물지 않은 삶의 질이라니. 축복받은 사람들이다. 아니, 그건 축복이 아니라 싸워서 쟁취한 그들의 '상식'인 거겠지. 한국에 도착해서 완충재 삼아 빨랫감에 둘둘 말아온 고양이 두 마리를 책장에 얹었다. 한국에 와서도 한 녀석은 눈을 동그랗게 뜬 채 책장 아래를 굽어보고, 다른 녀석은 긴장감 하나도 없이 두 다리를 늘어뜨린 채 꼬박꼬박 졸고 있다. 오래도록 간직하며 파리의 분위기를 반추하

고 싶었는데 얼마 가지 못하고 청소 중에 떨어트려 깨트리
고 말았다. 고양이도 없는 집에서 설마 사람이 그걸 떨어트
릴 줄은 몰랐다. 살아 있는 고양이를 대신한다고 파리에서
부터 데려온 녀석들이 깨지는 바람에 다시 한참 고양이 없
는 몸으로 살아야 했다.

터키 이스탄불, 고등어케밥이 불러낸 똥고양이들

여행으로 처음 돌아봤을 때 좋았던 도시들은 손꼽기 어려울
만큼 많았다. 그중에서 적잖은 곳들을 다시 여행으로 찾거
나 심지어 출장으로 찾아갈 기회가 있었다. 여행으로 다시
찾을 때도 그렇지만, 출장으로 다시 찾게 되는 때는 첫 여행
에서 느꼈던 감동과의 낙차가 어마어마하다. 엉망이다. 타
이트한 일정과 스트레스 쌓이는 업무 때문에 제대로 돌아
보지도 못하는 데다가 몇군데를 다시 둘러볼 기회가 생긴다
하더라도 그건 대개 단체 관광에 가까운 게 되어 버린다. 직
장 동료나 동반 출장을 온 고객사 직원 여럿이서 제일 무난
하고 대표적인 관광지를 골라서, 코앞까지 대절버스나 택시
를 타고 가서는 누구나 사진을 남기는 포인트에서 한 명씩
번갈아 인증 사진을 남기고 휙 돌아오는 코스. 기자의 피라
밋 코앞까지 에어컨 빵빵한 벤츠 버스를 타고 가다니, 문짝
뜯긴 미니 봉고버스에 매달려서 손가락만 하던 피라밋이 천
천히 부풀어오르던 걸 벅차게 지켜봤는데. 금문교와 소살리
토와 피어39를 호핑버스 타고 내리듯 택시로 찍고 다니다
니, 자전거로 달리다가 풍경 좋은 곳곳에서 쉬어가며 아이

스크림도 먹고 커피도 마시고 했는데. 이런 식이다.

터키의 이스탄불도 그렇게, 처음 여행갔을 때의 가슴 뛰던 추억 위로 뒤이은 몇 번의 출장이 만들어낸 아쉬움과 생채기들이 덧씌워진 곳 중 하나다. 그럼에도 첫 여행 때의 압도적인 호감과 매혹이 살아 있는, 흔치 않은 곳이기도 하다. 이스탄불이란 이름도 좋지만 콘스탄티노플이란 옛 이름은 단어가 눈에 띈 이상 꼭 한 번은 입 밖으로 발음을 밀어내야 성에 찰 만큼 여전히 동경심이나 모험심을 자극하는 게 있다. 콘스탄티노플, 과거나 지금이나 두 개 혹은 무려 세 개의 대륙에 걸쳐 있는 유일한 도시다. 아프리카와 유라시아, 아니면 유럽과 아시아 간의 연결점에 있는 셈이니까. 과거 안데르센이 유럽에 걸쳐 필명을 날리게 된 계기가 사실 동화가 아니라 '시인의 바자르'라는 제목의 유럽 여행기였다고 한다. 특히나 콘스탄티노플을 두고 진귀하고 비현실적인 광경이나 경험을 사러 가는 곳이라 칭했다던가, 그때도 지금처럼 그랜드 바자르니 이집션 바자르니 거대한 바자르(시장)에서 각 대륙에서 옮겨진 사람과 물건들을 잔뜩 뒤섞어 두었을 테니 익히 상상이 간다.

처음 터키라는 나라를 알게 된 건 어렸을 적 남대문 회현상가에서 구한 백만 터키쉬 리라 지폐 덕분이었다. 우표나 옛날돈을 모으는 게 좋아서 친구들끼리 교환하기도 하고, 용

돈을 모아서 상평통보 같은 엽전이나 옛날 지폐를 모으기도 했다. 우리나라 동전을 년도별로 수집하면 돈이 된다는 이야기에 혹하기도 했다. 아무리 동전을 모으고 저금통을 엎어봐도 수십만 원에 거래된다는 1987년의 500원이라거나 1977년의 50원 같은 몇몇 동전은 도무지 찾을 수 없어 느꼈던 그 답답함이 생생하다. 스스로 재테크에 대해서는 신통찮은 떡잎이란 걸 알게 된 때이기도 했다. 외국의 우표나 돈으로도 자연스레 관심이 뻗어나가기도 했다. 회현 지하상가의 수집상이 펼쳐둔 스크랩북에서 무려 0이 여섯개나 되는 이국적인 빨간색 지폐를 보고서 설레는 마음에 냉큼 챙겨들었다. 그저 단위만 크면 비싼 돈이겠거니 생각했던 탓이다. 대학생 때 터키로 여행을 떠나면서 이 지폐를 오랜만에 다시 떠올렸다. 대체 얼마나 되는 건지, 쓰일 수는 있는 건지 궁금한 마음으로 지갑 깊숙히 환전한 달러랑 같이 넣어두고 인천공항을 떠났다.

여행 중반, 그날의 일정은 그랜드 바자르와 이집션 바자르를 돌아보고는 갈라타대교가 보이는 해안가를 산책하는 걸로 잡았다. 음식점에서 계산할 때 꺼내볼까 주춤거리다가 좀처럼 타이밍을 잡지 못하고 도로 집어넣기를 몇 차례, 그래도 시장통에서는 한결 수월하게 옛날 지폐를 꺼내들고 수작을 걸어볼 수 있겠다 싶었다. 사실 아직 터키가 화폐 단위를 변경하기 전이라 통용 중인 백만 터키쉬 리라가 고작

껌 한 통 값인 걸 보고 흥이 깨지기도 했다. 이집션 바자르에서 '터키시 딜라이트'나 '악마의 눈' 같은 것들을 한참 구경하며 어떤 걸 기념품 삼아 사갈까 고민하던 참에 유난히도 유창한 한국어로 호객하는 소리가 들렸다. 싸요 싸요, 깎아줄게요, 형제의 나라, 툭툭 끊긴 한국어가 외려 귀에 쏙쏙 박혔다. 물건 몇 개를 두고 흥정하다가 슬그머니 밀거래하듯 내 백만 터키쉬 리라를 툭 내밀었다. 이 돈 쓸 수 있는 거에요? 받아들고는 엄청 신기해한다. 대체 어디서 이렇게 깨끗한 옛날돈을 구했냐며. 동료 상인들이 웅성대며 모여들고 자기들끼리 시끄럽더니 땅땅땅, 이 돈은 이제 통용되지 않으며 받아줄 수도 없단다.

머쓱해져서 다시 지갑에 넣고 시끄러운 바자르를 나섰다. 갈라타대교는 이스탄불을 구시가와 신시가로 가르는 분기점이기도 하지만, 보스포러스해협을 기준으로 한쪽으로는 흑해가 있고, 다른 쪽으로는 에게해 넘어 지중해가 나타나니 동서양을 구분짓는 경계이기도 하다. 갈라타대교에 자리 잡은 강태공들은 그렇게 동서양을 넘나드는 물고기들을 잡겠다고 다리 양편으로 낚싯대를 빼곡하게 드리웠다. 이 곳에서 꼭 먹어보리라 다짐했던 건 바로 터키의 명물이라는 고등어케밥, 마치 종로의 김떡순 노점들처럼 줄지어 늘어선 길거리 음식점에서 고등어 굽는 냄새가 진동하고 있었다. 바게트빵 안에 구운 고등어와 야채를 넣은 건데 비릴 것 같지만 전혀 그렇지 않다. 입맛에 맞아 맛있게 먹었다. 나중에 알았지만 이 고등어들은 전량 유럽에서 들어오는 수입산이었다. 바닷가의 낚싯대가 즐비한 곳에서 장사를 하다 보니 갓 잡아올린 고등어를 바로 구워내는 것처럼 오해를 불러일으키고 있었다. 떡잎 누렇던 누군가와는 다른 훌륭한 상술이다.

내 소중한 백만 터키쉬 리라를 꺼내어 말이나 섞어볼까 잠시 고민하다가 그냥 포기하고, 얌전히 고등어케밥을 하나 주문해서 벤치에 앉았다. 순식간에 십여 마리의 고양이가 나를 에워쌌다. 아마 고등어케밥을 먹는 사람들에게 엉겨붙어 한두 조각쯤 얻어먹는 게 상례였나 보다. 까맣고 하얗고 갈빛나는 고양이들, 줄무늬가 있고 얼룩무늬가 있고 삼색이 혼란스럽기도 한 고양이들. 우르르 다가와서는 야옹하고 울기도 하고 기지개도 켜다가 지들끼리 툭툭 장난도 치며 뒹굴기도 하면서 내 눈치를 본다. 귀여움이 한가득이다. 그러고 보니 이스탄불 곳곳에서 길냥이들을 많이도 만났다. 원래 이스탄불이 대륙간 교통의 요지이기도 하고 중요한 항구 거점이다 보니 계속 새로운 종류의 고양이들이 유입됐다고 한다. 머나먼 이국에서부터 항해해온 배들은 으레 쥐를 잡기 위해 고양이를 한두 마리씩 싣고 있기 마련이었고, 그 녀석들이 지금 이스탄불의 이 다채로운 고양이들의 조상이 된 거라고. 그래서 그런지 비슷하게 생긴 것끼리 줄을 그어 묶어보기도 쉽지 않고, 다들 여러 품종묘의 특징이 뒤섞여 버린 느낌이었다.

생각해보면 사실 품종이라는 단어부터가 좀 불편하다. 대개 사람들의 취향이나 미감에 맞는 개체만 골라내서는 유전병도 불사하며 근친혼을 거듭시킨 결과로 하나의 품종을 탄생시키는 건데, 그걸 다시 무슨무슨 협회나 기관의 인증을 받아 권위를 더하고 피가 섞이지 않도록 족보를 관리한다는 건 좀 기괴한 맛이 있다. 강아지와 달리 고양이의 품종이라는 게 얼마나 분명하고 단단한 칸막이로 구분돼 있는지도 모르겠다. 이미 오랜 세월 정교하게 분화돼버린 강아지의 품종들과 비교하면 고양이는 골격이나 체형에서 큰 차이를 보이지 않고 고작 털색과 길이 정도로 구분되는 얄팍한 다양성을 보인다. 어느새 코숏, 그러니까 코리안숏헤어라는 게 한국 길냥이들의 품종인 양 통용되고 있지만, 사실 그건 품종도 아니고 그저 일종의 은어일 뿐이다. 아마 '고양이 품종이 뭐냐'는 질문에 시달린 애묘인들이 발명해낸 단어 아닐까 싶다. 애초 큰 관심없이 예의상 던져진 질문일 테니 그럴듯하게 들리는 '코리안숏헤어'라고 하면 그만일 테니까. 추가 질문도 피할 수 있을 테고.

터키의 고양이들을 두고도 '터키쉬숏헤어'라거나 하는 다른 품종명이 있는지는 모르겠다. 애당초 숏헤어나 롱헤어 모두 사이좋게 있었던 데다가 모든 고양이 품종의 용광로 같은 곳이었으니 그런 품종명이 있을 것 같지는 않다. 고양이들의 낙원 같은 이 곳에서 녀석들은 아마 그냥 이름으로 불리지 않을까. 이름이 없다면 한국에서 나비, 정도에 상응할 법한 흔한 이름으로 불리더라도. 고양이를 두고 이야기를 나눌 때에도 무슨 품종인지를 앞세우는 것이 아니라 얼마나 이쁘고 잘 노는지, 어떤 장난감을 좋아하는지를 주로 이야기할 것 같다. 이렇게 쓰고 보니 마치 『어린 왕자』의 한 대목을 변주한 느낌이다. 저 집은 얼마짜리인지에 대한 문답으로 그 집의 모든 걸 알아버린 척 구는 어른들을 가리키는 대목이 있었다. 사실은 그 집 창턱에 놓인 꽃나무가 얼마나 이쁜지, 창문이 얼마나 반짝거리는지 등 더 중요한 이야기거리가 많은데 말이다. 적어도 고양이에 대해서는 나도 그런 이야기들을 들을 준비가 되어 있는데다가, 갈라타대교 옆 예니사원의 첨탑 그림자 너머로 슬몃 사라져버렸던 고양이가 얼마나 신비했는지 이야기도 해줄 준비가 되어 있다. 출장으로 다시 찾았던 이스탄불에서, 이번에는 녀석들에게 고등어케밥을 조금 나눠주기도 했다는 이야기와 함께.

보스니아 모스타르, 하드보일드 버전 〈캣츠〉의 세상

뮤지컬 〈캣츠〉는 볼 때마다 신기하다. 흡인력 있는 스토리가 있다거나 명확한 주인공이 있는 것도 아닌데 옴니버스식으로 들려주는 고양이들의 이야기에 빠져들고 만다. 물론 고양이의 움직임이나 외양을 생생하게 재연해낸 배우들의 연기와 군무도 매력적이다. 그렇지만 무엇보다도 휑뎅그레한 대도시의 뒷골목을 배경으로, 늙고 지쳐 퇴락한 여주인공 그리자벨라가 부르는 노래 〈메모리〉의 여운이 압도적으로 짙게 남는다. '다시 내게 온다면 너는 행복이 뭔지 이해할 수 있을 거야. 봐, 새로운 하루가 시작되었어'라는 가사를 끝으로 사그라드는 그의 목소리에 여지없이 눈물이 따라 흐른다.

대체 어느 부분을 건드리는 걸까, 사실 그리자벨라가 얼마나 드라마틱한 고생을 했거나 불행해졌는지에 대해서는 친절한 설명도 없는데. 그렇다고 내가 비로소 행복이 뭔지 이해하게 되었구나 혹은 새로운 하루가 시작되었구나, 하며 깨닫고 감동한 것 같지도 않다. 유달리 감성적인가 하면 그

것도 아니라 생각하고.

글쎄, 그나마 납득할 만한 설명은 이거다. 내가 보고 들은 길냥이들의 삶이 얼마나 어렵고 괴로운지 알고 있으니, 길에서 사는 고양이 녀석들에게 잔뜩 감정이입해 버린 건 아닐까. 잠자리를 구하는 것도 일이고, 깨끗한 마실 물이나 먹거리를 찾기도 쉬울 리 없으니, 아무리 사람들이 길냥이에 친절한 나라라고 해도 거리에서 사는 건 피곤하고 괴로운 일들이 가득할 거다. 게다가 그런 하루하루가 태어나서 죽을 때까지 계속될 테니 하염없이 반복되는 천형을 받고 있다 생각해도 과한 일은 아닐 터. 〈캣츠〉에 등장하는 고양이들도 제각기 극장이니 기차역에서 한가닥씩 하면서 유쾌하게 사는 것 같지만, 불쑥불쑥 쳐들어오는 헤드라이트 불빛이나 도시의 소음이 어찌나 위협적인지 녀석들을 잔뜩 얼어붙게 만드는 순간들을 놓치지 않고 보여준다. 그리자벨라는 발랄하고 아름답게 태어났지만 그런 힘든 묘생을 살면서 어느덧 늙고 병든, 그리고 지쳐버린 고양이를 압축해 보여주는 캐릭터인지도 모르겠다.

고양이가 인터넷을 지배하고 인류를 정복했다는 농담이 돌아다니는 세상이지만, 한국만 해도 이렇게 분위기가 반전된 건 불과 몇 년 사이다. 눈빛이 무섭고 울음소리가 듣기 싫다며 동네 어른들은 고양이를 쫓기 일쑤였고, 밤에 마주치기라도 하면 그 눈빛에 겁먹고 도망치기도 했다는 회고담이 줄을 잇는다. 고양이 사랑이 요란해졌다지만, 지금도 안타깝고 무서운 이야기들이 반복된다. 쓰레기봉투를 헤집는다고, 아무데나 똥오줌을 싸놓는다고, 밤중에 시끄럽게 한다고 아파트 지하실에 가둔다거나 밥에 약을 타놓는 사람들이 있다. 그저 기분이 나쁘다고 묶어놓고 때리거나 불로 지지는 따위, 믿기 힘든 일들도 벌어진다. 이쯤되면 고양이가 문제가 아니라 사람이 문제인 것 같다. 역사적으로도 고양이의 수난사는 끊이질 않았다. 주로 서양의 이야기지만 마녀가 변신한 거라느니, 검은 고양이는 재수가 없다느니, 악마와 내통 중이라는 따위의 이야기들.

그러니 이에 대항해 고양이들이 인간에게 복수하려고 묘책을 짜지는 않을까, 상상해보는 것도 자연스럽다. 으슥한 밤에 집고양이던 길고양이던 한곳에 모여서 모임을 갖는다는 설정, 그에 걸맞는 드라마틱한 배경이라고 하면 아무래도 보스니아 헤르체고비나의 모스타르가 딱인 것 같다. 조금 말랑말랑하고 귀여운 고양이들이 등장한다면 일본이나 터키, 동남아의 도시가 떠오르기도 하지만, 좀더 진지하고 비장한 〈캣츠〉 같은 분위기를 자아내는 곳이려면 역시 모스타르가 적격이다. 전쟁의 포연이 가신지 삼십 년도 채 지나지 않는 마을, 그리고 네레트바강을 사이에 두고 가톨릭 문화권과 이슬람 문화권이 맞서 있는 마을이기도 하다. 슬로

베니아와 크로아티아를 거쳐 보스니아 헤르체고비나를 여행할 때 이틀밤을 머물렀다. 직전에 돌아봤던 두브로브닉의 동화같고 온화한 다홍빛 분위기와는 판이했던 잿빛 분위기에 강렬한 인상이 남았던 곳이다.

워낙 역사적으로 복잡한 곳이고 커다란 참화를 겪은 곳이라 그렇다. 1990년대 초반 갑작스레 끝난 냉전에 유고슬라비아 연방이 흔들리면서, 이 지역의 주민 중 보스니아인들과 크로아티아인들은 독립을 바란다. 반면 연방의 주류였던 세르비아인들은 그대로 남아 있기를 원하면서 내전에 돌입하게 된 것. 뒤이어 유고슬라비아나 세르비아공화국이 세르비아인들의 편을 들어 동쪽으로부터 참전하며 국제전이 되어 버렸다. 크로아티아인들 역시 신흥 독립국 크로아티아를 등에 업고 서쪽 영토를 빼앗겠다고 뒷통수를 쳤다. 결국 보스니아 헤르체고비나라는 독립국이 세워졌고 이 지역에 살던 보스니아인과 크로아티아인과 세르비아인이 한 이불을 덮게 되었다. 그렇지만 서로간의 인종 청소와 대규모 학살이 일어났을 만큼 참혹한 전쟁이었으니 아직까지 모스타르 건물 곳곳에 총탄 자국이나 불에 그을린 자국이 선연하게 남아 있는 게 당연한 일이다. 전쟁 중에 서로 이빨을 한껏 드러냈을 보스니아인들과 크로아티아인들이, 이제는 네레트바강을 경계로 물과 기름처럼 나뉘어 각기 모스크 미나렛과 성당 십자가를 삼엄하게 올려뒀다.

애초 사람이 많이 사는 도시도 아닌지 조용한 분위기였다. 게다가 여행자들도 많이 들르지 않는지, 해가 뉘엇거리고 나면 길거리에 사람이 없었다. 전쟁 중에 도시 내 대부분의 건물들이 폐허가 됐다지만 석재를 쌓아올린 야트막한 건물들은 아주 오래전부터 버티고 선 듯 고상한 품위가 느껴졌다. 오랜 세월 민족과 종교가 마구 뒤섞인 곳이다 보니 전형적인 유럽식이거나 이슬람식이 아니라 여기서만 볼 수 있을 법한 독특하고 이국적인 풍경은 더없이 아름다웠다. 그중에서도 백미는 강을 가로지르는 스타리 모스트, 보스니아어로 오래된 다리라는 뜻의 이슬람 스타일로 지어진 다리다. 도시 이름이 여기에서 연원했을 만큼 대표 상징물이라는데 정말 한 번 보면 잊을 수 없을 만큼 예쁘다. 강 양편의 높은 탑으로부터 살짝 머리를 치켜올린 채 뻗어나가는 직선 두개가 다리 중간에서 맞부딪힌 긴장감과는 반대로 다리 아래쪽은 커다란 아치가 둥그런 무지개처럼 솟아올라 맑고 깊은 청록빛의 강물을 평화로이 굽어보고 있다. 16세기에 지어졌다는데 역시나 지난 전쟁때 완파됐다가 다시 복원됐다고.

피가 흘렀던 역사를 알고 나니 조금 섬뜩해졌다. 저녁에 숙소로 돌아가는 길은 마치 불꺼진 세트장이나 테마파크를 혼자 걷는 것 같기도 했다. 넓적한 돌로 깔린 포석을 밟을 때 퉁퉁 울리는 소리도 음침한데 어디선가 발정난 고양이들의 울음소리가 길게 메아리치며 효과를 더했다. 저 녀석들의 선대도 그 전쟁을 사람들과 함께 겪었겠지, 사방에서 폭탄이 터지고 저리도 예쁜 다리가 포탄에 맞아 우르르 무너져 내리고 하는 아비규환의 와중에 녀석들은 하릴없이 야옹거렸을 거다. 집에서 귀염 받던 녀석들은 주인을 잃은 채 내몰리고, 거리에서 살던 녀석들은 녀석들대로 제 한몸 숨길 곳도 못 찾고 피비린내 나는 폐허를 배회했을 테고. 그야말로 그리자벨라가 묘사하는 풍경의 극한이다. 〈캣츠〉의 가사는 그리자벨라의 개인사에 대한 회한을 이야기하는 것 같지만, 어떻게 보면 인간에 대해 고양이가 호소하는 내용일지도 모른다. 고양이의 입을 빌어 사람과 사람 사이에 오해와 긴장을 풀도록 호소하는 내용으로 들리기도 한다. 당신들에게 평화를, 그래야 우리도 비로소 평화로울 수 있으므로.

네팔 히말라야, 인간과 고양이의 거리두기

바탄티에서 점심을 먹고 고레파니까지 가는 것이 히말라야 트레킹 이틀째 오후의 목표였다. 고레파니는 안나푸르나 트레킹 코스 중에서 이름난 전망대인 해발 3,210미터의 푼힐 전망대와 걸어서 한 시간 이내 거리로 가까운 곳이다. 다음 날 아침 해돋이를 푼힐에서 볼 생각으로 잡은 일정이었다. 늘 버킷리스트에 담아두고만 있었던 히말라야 트레킹, 그중에서도 해발 4,130미터의 안나푸르나 베이스캠프로 향하는 ABC^{Annapurna Base Camp} 코스를 따라 오르내리는 열흘간의 여행이었다. 카투만두에 일단 내려서는 포터 한 명을 고용해 함께 해발 800미터의 포카라로 향하는 비행기를 탄 게 이번 여행의 시작.

국내외를 막론하고 여행을 떠나면서 등산가방에 등산복, 등산화를 신고 떠난 건 처음 해보는 일이었다. 애초 등산을 자주 다니지 않는 데다가 간소하게 다니는 걸 선호하다 보니 야트막한 산은 쪼리를 신고 오르기도 했던 터다. 등산화를 빼고는 전부 가족에게 빌려서 짐을 꾸렸다.

한참 산길을 따라 오르다 보니 초록빛이 삼엄한 산등성 너머로 연기가 오르는 게 보인다. 길 양쪽으로 낡았지만 하얀 페인트가 단정하게 칠해진 롯지 겸 식당, 오두막집들이 몇 채 이어지며 마을이 나타났다. 카말이라는 이름의 포터는 물론 네팔어도 잘했지만 한국어나 영어도 어느 정도 할 줄 알았고, 우리는 마을에 도달할 때면 어디에서 밥을 먹을지 진지하게 이야기했다. 내 짐을 나눠지고 앞장서서 길을 만들어주는 사람, 마치 나이 차 많이 나는 착한 큰형 같은 느낌이라서 쉽게 친해질 수 있었다. 우리가 고른 곳은 제법 사방에 꽃도 피어 있고 정원 비슷한 느낌을 줄 만큼 정갈한 앞마당이 있는 롯지였다. 아늑한 앞마당 한 켠에는 한국의 편의점에 놓인 것과 비슷한 플라스틱 의자가 하얗게 바랜 채로, 멀찍이 하얀 만년설을 얹은 히말라야 산봉우리들을 바라보고 있었다. 주인 아저씨는 거의 바닥에 엎드린 자세로 돌을 말끔하게 깔아둔 포석 사이의 잡초를 뜯고 있는데 고양이 녀석들은 안겨들고 코가 긴 강아지는 뜯긴 풀을 씹는 평화로운 풍경. 평화롭다 못해 나른해지는 정경이었다.

메뉴는 달밧. 달은 콩으로 된 스프를 뜻하고 밧은 흰쌀밥을 뜻한다고 한다. 그래서 달밧을 시키면 스테인리스로 된 식판에 스프와 흰쌀밥, 그리고 짱아찌같은 밑반찬들이 담겨 나온다. 롯지마다 다른 레시피의 달밧을 내어주는데 어디서든 밥알이 풀풀 날리는 안남미 쌀밥은 무제한 리필이

가능했다. 그래도 힘이 달린다 싶으면 치킨 커리 같은 걸 하나 추가해서 좀더 든든하게 먹기도 했다. 아침은 보통 구릉족의 전통 빵이라는 구릉빵 하나를 꿀에 듬뿍 발라 먹는 정도로 가볍게 지나갔다. 한국에선 밀크티, 인도에선 짜이, 그리고 네팔에선 찌야라고 불리는 차 한잔과 함께. 어딜 가든 마늘스프와 신라면을 파는 것도 재미있는 포인트다. 마늘스프는 고지대에서 걸리기 쉬운 고산병을 예방하고 완화하는데 효과가 있어서 빠질 수 없다는 건 알겠는데 대체 신라면은 뭐지 싶다. 역시 매콤하니 혈관을 확장해 고산병을 완화해주는 걸까. 의외로 한글 메뉴판이 많이 보이는 것도 신기하다.

늘 그랬던 깃 같은데 점심 메뉴를 고르고 나면 음식이 나오기까지 적어도 삼십여 분이 걸렸다. 간단한 음식에 왜 그렇게 시간이 걸리는지는 모르겠지만 급할 것도 없거니와 맛있으니 됐다. 아마도 고지대로 오를수록 기압이 낮아지니 음식을 조리하는데 시간이 더 걸려서 그랬던 걸까 싶기도 하지만 역시 이유는 잘 모르겠다. 어쨌거나 카밀의 안내 겸 보호를 받지 않고 혼자 자유롭게 마을을 돌아보며 노닥거리기에 딱 좋은 시간이라 롯지 주변을 어슬렁대다가 새끼고양이를 둔 고양이 부부를 발견했다. 엷은 연두색 눈에 전체적인 몸 색깔은 짙은 갈색에 가깝고 초콜릿색 얼룩이 촘촘한 부모, 그리고 그걸 꼭 닮은 아기 고양이들. 이제 두세 달이나 됐으려나 싶은 작은 꼬물이들이 제 부모 꼬리가 휘적휘적 움직일 때마다 정신 못차리고 덤벼들고 있었다. 제 한몸은 고사하고 고개조차 제대로 못 가누는 판이라 이리 비틀저리 비틀 자기 다리에 걸려 넘어지기도 하고, 얼핏 보면 취한 사람같은 스텝을 밟으면서도 쉼없이 까분다. 부모는 살짝 질려하는 표정이면서도 참을성 있게 꼬리를 흔들어주고.

롯지 앞마당에서는 주인 아저씨가 다른 일행들을 인도 중인 가이드들과 한담을 나누는 사이 이번엔 주인 아주머니가 풀썩 주저앉아 풀뜯기에 마저 나섰다. 얌전하게 지켜보지 못하고 아주머니한테 꼬리 치며 놀아달라고 애교부리는 강아지 녀석. 아주머니는 흔쾌히 덥석 안아주며 잔뜩 쓰다듬어 줬지만, 너무 신난 나머지 정신 못차리고 엉겨붙다가 급기야 아주머니한테 한대 얻어맞고는 잔뜩 주눅이 들어 저쪽 그늘로 사라지고 말았다. 그러거나 말거나, 고양이 가족은 따뜻하게 덥혀진 댓돌 위에서 꽁냥꽁냥 여전히 난리다. 부부 고양이가 찰싹 몸을 붙이고 길게 누운 앞켠에서, 새끼 고양이들은 가지런한 부모의 앞발 네개 사이를 굴러다니며 이제는 건방지게도 그들 수염에 톡톡 냥펀치를 날리면서 장난치는 중이다. 덕분에 고양이 부부는 눈도 제대로 못 뜨고 있고. 그러다간 도저히 못참겠던지, 두 녀석이 등짝을 맞댄 자세로 휘영청 구부러진 몸뚱이를 찰싹 붙이고는 하트 모양을 만들었다. 그리고 각각 한마리씩 제 새끼들을 앞발로

척 감싸서 지긋이 눌러버렸다. 그만하고 이제 좀 자거라, 정
도의 몸짓일까.

낯선 사람이 코앞까지 다가와서 구경하는 건 안중에도 없
는 듯했다. 아예 고양이 가족 옆의 돌바닥에 철퍽 주저앉아
구경하는데도 전혀 신경쓰지 않는다. 커다란 카메라를 들이
대거나 말거나, 부모 고양이들에 손을 뻗어 쓰다듬어 주거
나 말거나, 꼬맹이들은 놀기 바쁘고 부모는 여유롭다. 딱히
손길을 받고 싶어서 부비대지도 않는다. 분명 이 녀석들은
이전에 사람에게 봉변을 당하거나 위협당한 적이 없는 고
양이들이다. 그렇다고 사랑을 받거나 스킨십에 길들여지지
도 않았다. 이런 고양이들은 어렸을 적 시골에 놀러가서 봤
다. 커다란 가마솥 옆 부뚜막에서 식빵을 굽다간 밥할 때가
되면 슬며시 자리를 비켜주고, 손타지 않는 툇마루 아래에
서 널부러져 자다가는 집 앞 야산을 오르내리며 사냥을 하
는 그런 고양이. 반려동물이란 단어로도 전부 담기지 않는,
그냥 사람과 고양이가 우열없이 한 공간에서 함께 살고 있
는 그런 모습을 다시 보니 너무 좋았다. 서로 특별히 살갑다
거나 유난하지도 않지만 담백하게 서로를 인정하고 공존하
는 모습. 가뜩이나 새침하고 도도한 고양이들이 더욱 위풍
당당해 보였다.

음식이 나올 때까지 기다려야 하는 긴 시간에 비기자면 먹

어 치우는 건 한순간이다. 피곤하고 배고파서 리필을 몇 번 해도 마찬가지다. 순식간에 식판을 비워버리고는 마당 한 구석의 세면대로 가져가 식판을 헹궜다. 히말라야가 쉼 없이 흘려보내는 물이 콸콸 흐르는 호스가 연결되어 있는데 평소에는 호스를 닫고 롯지 근처의 층층이 다랭이논으로 물을 직행시킨다. 물을 쓸 때나 뚜껑을 열어서 호스로 쓰는 방식인데 빙하가 녹아내린 물이 어찌나 차고 맑은지 씻어낸 식판보다 손이 더 차가워졌다. 잠시 쉬다가 다시 출발, 어차피 당일의 스케줄이나 전체 일정은 전적으로 내가 움직이고 싶은 대로 움직이는 거지만 해가 저물기 전에 숙소에 도착하려면 움직여야 할 때다. 고양이 가족에게 인사하니 역시나 듣는 둥 마는 둥 자기들 몸단장에 여념이 없다. 이 자기애 넘치는 녀석들. 빙하가 녹아내려 옅은 회백색을 띤 개울을 옆에 끼고 양옆으로 노랑꽃들이 흐벅지게 피어난 길을 따라 걸어나가는데 아까 주눅이 들었던 강아지 녀석이 한참 따라왔다. 꼬리가 떨어지진 않을까 싶을 만큼 열심히 흔들어주는 게 또 색다른 맛이 있다.

싱가포르, 이 정도면 29금 스킨십을 즐기는 고양이

지겹도록 오래던 장마가 잠시 쉬는 게 반가워 창문을 활짝 열었다. 거실 쪽의 커다란 창문을 열고 마주보이는 부엌의 조그마한 창문을 열어두니 보송하고 포근한 공기가 이내 집 안을 가득 채운다. 달래는 캣타워 위에서 늘어지게 자다가 는 이제야 꿈뻑거리며 기지개를 켜는데, 아리는 창문 여는 소리를 듣자마자 벌써 부엌까지 한달음에 내달려와서 전자레인지 위에 올라가 창밖 구경에 여념이 없다. 어라, 그러다가 녀석도 모처럼 신선한 냄새에 한껏 취했는지 전자레인지 위에다가 꾹꾹이를 하고 있다. 보통 폭신하고 말랑한 바닥 위에서나 신나서 주물럭거리는 건데, 아니면 하다못해 누워서 공중에 대고 하는 건 봤어도 저렇게 딱딱한 철판 위에서 꾹꾹이를 하는 건 또 처음 봤다. 저런 데다가 꾹꾹이 낭비하지 말고 누워 있을 때 내 어깨나 배위에 올라와서 해달란 말이다. 눈을 지그시 감고서 쉼 없이 양발을 움직이는 게 아깝기도 하고 귀엽기도 하고.

어이없어 하다가 혼자 즐기라고 냅두고 소파에 길게 앉았다. 달래가 입이 찢어져라 하품을 하고는 슬그머니 옆으로 다가와선 꼬리로 슥슥 쓰다듬어준다. 날이 추우면 내 다리 사이로 파고들어서는 암모나이트처럼 또아리를 틀 텐데, 이런 계절에는 이 정도가 달래가 보여줄 수 있는 최선의 애정 표현인 게다. 아리는 기꺼이 품에도 안겨 두 앞발을 안은 팔 바깥으로 비죽이 늘어트리고는 편안하게 자세를 취하지만, 달래는 영 질색팔색이다. 케이스 바이 케이스, 그때 그때 다 다르다는 표현을 흔히 줄여서 '케바케'라고 하듯이 고양이를 두고도 '냥바냥'이라는 말이 있다. 고양이라고 다 안기는 걸 싫어하는 건 아니고, 장난감이든 간식이든 취향이 제각각이며, 심지어 흔히 알려진 것처럼 독립적이기는커녕 사람에게 엄청 의존하는 녀석도 있다는 등 하염없이 길어질 수 있는 문장을 아주 짧게 줄일 수 있는 말이다. 고양이를 그저 한묶음으로 엮어서 이럴 거야, 저럴 거야 판단할 수 없다는 이야기.

내가 봤던 스킨십 찐한 고양이의 끝판왕은 싱가포르 하지 레인에 있었다. 스킨십이 찐하다는 표현이 조금 어폐가 있을 수 있겠다. 그만큼 사람을 좋아하고 따르는 고양이란 뜻이다. 싱가포르는 아무래도 이러저러한 기업의 아시아 지역 본부가 있다 보니 출장으로 다닐 일이 잦았다. 크지 않은 도시국가라 짬짬이 돌아본다고 돌아본 곳들이 대부분의 지역, 그러니까 센토사의 유니버설스튜디오니 나이트 사파리니 레드닷 디자인박물관까지 훑어버렸다. 곳곳에서 느긋하게 널부러져 있는 고양이들을 많이도 만났다. 대부분 동남아 국가들에서 만났던 고양이들처럼 유난히도 순하고 너그러워 보이기는 했다. 그쪽 동네에서 골목마다 한 마리씩 마주치게 되는 강아지들처럼 짖지도 않고 다리 하나 들어올릴 힘도 없는 듯 땅바닥에 늘어붙은 껌딱지 수준은 아니지만, 고양이들 역시 알게 모르게 기후의 영향을 받는 것 같다. 녀석들은 여전히 도도한 눈빛에 우아한 움직임으로 살랑거리면서도 특히나 더 자는데 시간을 많이 쓰는 듯했다.

하지 레인에서 가지 쳐나간 어느 골목에서 그 녀석을 만났을 때도 역시나, 고개를 외로 꼬고서는 세상 모르게 자고 있었다. 최근 한국의 방송에도 여러차례 등장했던 '싱가포르의 가로수길' 하지 레인은 패션몰이 밀집한 지역으로 유명한 부기 스트리트나 술탄 모스크가 있는 아랍 스트리트와 묶어서 한번에 돌아보기 좋다. 패션에 별다른 관심이 없다 보니 부기 스트리트는 빠른 걸음으로 지나치고 초승달 무늬가 두드러진 모스크 옆 돌담길을 따라 아랍 스트리트를 지나온 참이었다. 하지 레인에서는 총천연색의 대담한 그래피티와 각종 조각으로 장식된 건물 외벽을 따라 작은 골목을 여러 번 왔다갔다 하느라 생각보다 오래 머물렀다. 의류 말고도 아기자기하거나 센스 넘치는 소품을 파는 샵들이 즐비해서 일일이 들어가 살펴보는 재미가 쏠쏠한데다가 옆으로 빠지는 골목들도 매력적인 벽화나 샵들을 품고 있어서 놓치기가 아쉬웠다. 중간중간에 분위기 좋은 카페나 음식점도 많아 사람들이 순식간에 불어나고 있었다.

여전히 문이 열리지 않은 상점들이 있었다. 녀석은 그런 상점들 중 한 곳, 자물쇠가 채워진 출입구 앞에 놓인 돌계단을 베개 삼아 자고 있었다. 좁은 하지 레인 골목을 채우기 시작한 사람들의 발걸음이 소란스러워지는 와중에도 녀석은 느긋하게 누워 있었다. 지나가는 사람들이 신기해서 쓰다듬거나 사진을 찍어도 나몰라라. 길고 회색에 가까운 두툼한 털코트를 입은 커다란 녀석이었다. 털이 찐 건지도 모르지만 태평한 성미를 반영하듯 살짝 투실투실해 보이기도 했다. 그런 녀석이 문득 몸을 일으켜 기지개를 켜고는 사뿐하게 꼬리를 치켜든다. 불쑥 나타난 헐렁한 차림의 누군가가 자물쇠를 만지작거리려니까 언제 잤냐는 듯 쏜살같이 다가가서는 세상 발랄하게 온몸을 부비적거리는 거다. 그래도 혹시나 했다. 설마 강아지도 아니고, 그 자리에서 가게 주인을 기다린 걸까. 자물쇠를 열고 셔터를 채 전부 올리기도 전에 녀석은 유리문을 밀고는 주인에 앞서서 가게 안으로 비집고 들어가 자리를 잡았다. 망부석냥이라고나 할까, 깜찍하기 그지없다.

그 전까지 내가 스킨십에 후한 고양이로 손꼽던 녀석도 그러고 보니 싱가포르의 이웃나라에 살고 있었다. 태국의 꼬사멧이라는 작은 섬에 들어갔을 때인데 푸팟퐁커리에 홀딱 빠져서 매 끼니마다 그걸 먹다보니 얼마 환전해두지 않은 바트화가 똑 떨어진 거다. 섬 안에 있는 환전소를 찾았는데 역시 섬 물가라 그런지 환율이 터무니없이 비쌌다. 그대로는 납득할 수 없어 몇 군데를 더 찾았지만 약속이라도 한 듯 똑같은 환율에 치를 떨고는 결국 처음에 찾았던 그 환전소를 다시 찾았다. 거기에는 환전소 문간에 벌러덩 깔개처럼 누워 있는 고양이가 있어서 오가는 사람들의 손길을 온몸으로 받으며 골골거리고 있었으니까. 환율이 극악이긴 했지만 그 녀석 옆에서 한참이나 앉아서 턱밑도 긁어주고 엉덩이도 둥기둥기해줬으니 뭐, 대충 퉁친다고 생각하기로 했나. 걸국 그저 문간에 누워 있을 뿐이던 녀석의 손쉬운 호객행위에 넘어간 셈인데 역시나 싱가포르의 망부석냥이에 비할 바는 아니다.

사실은 우리집 고양이들도 못지 않다. 여행이나 출장을 다녀오면 집에 있던 고양이 녀석들이 어찌나 반가워하는지 감동할 때가 있다. 달래와 아리 모두 현관 앞까지 쫓아나와서는 바닥에서 배를 까보이며 뒹굴거리기도 하고, 냥냥거리면서 정수리로 쿡쿡 박치기를 하며 얼른 쓰다듬으라 재촉하기도 한다. 퇴근하고 돌아올 때도 반겨주기는 하지만, 확실히 며칠동안 얼굴을 못 보다가 다시 보면 그 강도가 천배만배다. 언젠가는 팔뚝을 꼭 껴안듯 네 발로 찰싹 달라붙어 있기도 했다. 그렇지만 그런 스킨십은, 싱가포르의 망부석냥이 뺨칠 만큼의 애정 표현에 감동하기도 전에 훅 끝나버려서 늘 아쉬울 뿐이다. 마치 컷, 수고하셨습니다, 라는 말에 표정을 싹 바꾸며 돌아서는 배우들처럼 녀석들은 가차없이 단호하다. 그래도 밤이 깊어 아내에게는 어깨를 내어준 채 다리 사이엔 달래가 또아리를 튼 채 잠들어 있고 아리는 발치에서 따끈따끈 누워 있는 때에는, 이 정도면 충분하다 싶다. 온몸이 조금 저리기는 해도.

베트남 하노이, 전설의 고양강아지 등장하다

최근까지만 해도 해외여행을 갈 때는 가이드북, 그중에서도 『론리플래닛』을 꼭 챙겨서 가고 싶었다. 단순히 몇몇 이름난 여행지의 위치와 감상 포인트를 줄줄이 열거하는 데서 그치는 것이 아니라 여행지의 역사와 문화에 대해서 자세한 내용을 싣고 있어 그 자체로 책 한 권을 읽는 느낌이었다. 사진이 많이 실리지 않았다는 점도 좋았다. 직접 찾아서 내눈으로 보기 진까지 상상할 수 있는 여지를 남겨주기도 하고 어떤 구도로 사진을 담는 것이 최선일지 고심해볼 수 있는 잔재미도 남겨줬기 때문이다. 아쉽게도 이젠 인터넷을 검색해서 주요 여행지 정보를 찾는 게 빠르고 편하다 보니 『론리플래닛』은 고사하고 가이드북을 아예 챙기지도 않는 경우가 늘어나고 있다. 인터넷에 범람하는 이미지들에 스포 당하는 건 어쩔 수 없다고 포기해버렸다. 물론 현지의 이름난 여행지들을 도장깨기하듯 하나하나 다 챙겨보는데 집중하기보다는 뒷골목으로 빠지고 길을 잃고 헤매는 걸 더 좋아하는 스타일이다보니 가이드북을 구태여 살 필요가 없다고 생각하게 되기도 했다.

2019년에 베트남 하노이로 여행을 갔을 때도 마찬가지였다. 먼 옛날 학부 졸업 논문을 베트남 전쟁에 대해서 쓰고 난 이래 베트남을 꼭 가보고 싶다는 생각을 하고 있었고, 심지어 그 이래로 새로 가입한 홈페이지의 아이디는 꼭 베트남이란 단어를 포함시켰던 걸 생각하면 꽤나 늦었다. 아무 사전 정보 없이, 가이드북 한 권 챙기지 않고 그냥 가보기로 했다. 챙겨간 책은 호치민 평전과 베트남 역사서 하나. 호텔 리셉션에서 추천을 받기도 하고 주변의 관심가는 곳들을 돌아보는 식으로 느긋하게 돌아다녔다. 하노이 시 중심에 있는 호안키엠호수 둘레길에서는 모금함 따위 없이 학예회하듯 춤과 노래를 차례로 선보이는 유쾌한 사람들을 만났고, 관광 지역에서 좀 벗어난 주거 지역의 조그마한 공원에서는 커다란 앰프를 갖다놓고는 달빛과 은은한 가로등불 아래에서 올드팝에 맞춰 단체로 사교댄스 스텝을 사뿐사뿐 밟으시던 사람들도 만났다. 걷다 보니 하노이 맥주의 네온 불빛 아래 열기가 후끈거리던 시장에선 하노이 시민들과 관광객들과 뒤섞여 이리저리 파도처럼 밀려다니기도 했다.

꼭 가보고 싶다 점찍어 뒀던 곳은 있었다. 베트남 독립운동가이자 혁명가였던 호치민의 묘소라거나 한국으로 치면 독립 투사들이 옥고를 치르던 서대문 형무소에 비할 만한 호아로형무소같은 곳들. 전세계를 떠돌던 직업적 혁명가가 죽어서도 평안히 쉬지 못하고 방부 처리된 채 안치되어 있다니, 무엇보다 그의 인생이란 죽음 이후까지도 얼마나 고단한지 안쓰러운 마음이 앞섰다. 모스크바의 붉은 광장에 갔을 때 거기 안치돼 있다는 레닌을 두고도 그랬다. 대체 어디서부터 잘못된 건지, 이들의 사상이나 생전 활동에 비춰보면 아이러니하기 짝이 없다. 호아로형무소에서는 조금 화가 났다. 20세기 초에 이르기까지 프랑스 식민 세력이 베트남 독립 투사들을 처형하는데 단두대를 사용했다는 사실도 충격이었다. 그 단두대 옆을 썰물처럼 스쳐지나던 한국인 관광객 한무리가 웃고 떠들면서 개작두를 대령하라, 운운하는 이야기를 들었다. 지독히도 재미없는 농담이었다.

묵직한 장소들을 지났으니 분위기도 전환할 겸 달달하고 샤방한 곳을 찾기로 했다. 마침 숙소 주변에 호안키엠철길 카페 골목이 있었다. 이미 현지인들은 물론 해외에서 온 여행자들에게 너무나도 유명해서 조금만 찾아도 바로 사진과 리뷰가 쏟아져나오는 그런 곳이었다. 정작 다른 곳들을 실컷 돌아다니다가 숙소로 돌아갈 때쯤 되면 전부 문을 닫고 깜깜하기만 해서 그 인기가 실감나지 않았다. 이날은 작정하고 오전부터 찾으니 사람도 많고 분위기가 꽤나 좋다. 철길에 다퉈 내어놓은 작은 의자와 테이블들은 보기만 해도 깜찍했고, 철길 위 양쪽으로 늘어뜨려진 나뭇가지나 커튼은 시원한 그림자를 드리웠다. 철길을 따라 걸을 땐 역시 철로 위를 밟고 걷는 게 제 맛, 비틀거리며 포도송이처럼 새장이 잔뜩 내걸려 있는 가게를 지나는데 새들이 지저귀는 소리가 청량하다. 캘리그래피 작품이나 수제로 만든 나무 목걸이니 장식품을 파는 매장들이 즐비하게 이어지는데 보는 재미도 쏠쏠했다.

라탄나무를 꼬아 만든 야트막한 탁자에 작은 의자가 놓인 곳에 자리를 잡았다. 의자가 낮다보니 철길을 따라 쉼 없이 흘러다니는 사람들의 여유로운 엉덩이가 보였고, 코코넛이나 망고를 파는 행상이 앞뒤로 커졌다가 작아졌다 반복하며 사람들에게 시식을 권하는 모습이 보였다. 뜨거운 햇볕을 피해 그늘진 곳에 앉고 나니 덥지 않다. 옆테이블을 둘러보니 나무 빨대가 꽂힌 긴 잔에 담겨놓은 베트남 커피가 맛있어 보여 잠시 고민했지만 휴가중에는 모닝맥주지 싶어 하노이 맥주를 주문했다. 주문한 맥주를 나오기를 기다리는데 그늘 아래에서 쾌적함을 즐기는 게 우리 뿐은 아닌 거다. 카오스 무늬의 작은 아기고양이 한 마리랑 까만 푸들같은 강아지 한 마리. 아무래도 애기들인 것 같은데 둘이서 서로 뛰어노느라 정신이 없다. 쫓고 쫓기며 꼬리를 낚다가 뒹굴기도 하고, 다시 역할을 바꿔 쫓기고 쫓고. 손님들이 있던말던 괘념치 않고 발치에 부딪히기도 하면서 한창 흥이 올랐다.

고양이와 강아지가 저렇게 사이가 좋기도 쉽지 않을 텐데 독특하구나 싶다. 마치 마님과 마당쇠를 보는 것처럼 강아지가 계속 고양이를 즐겁게 해주려 애쓰는 것 같기도 하고. 가만히 보니 아기 고양이는 그렇게 많이 움직이지 않고도 강아지의 길목을 미리 막아서거나 덮치기 좋은 위치를 선점하고 있다. 아무래도 고양이가 강아지보다 똑똑한 게 맞지 않을까, 내가 고양이를 훨씬 좋아해서 하는 말만은 아니다. 강아지의 IQ가 고양이보다 조금 더 높다고 하지만, 그건 애초 IQ 테스트는 인간을 측정하기 위한 것일 뿐더러 동물에 대한 IQ 테스트라는 것 자체가 사람 말을 잘 알아듣고 따르는지 등으로 측정하기 때문이라고 얼핏 들은 기억이 있다. 고양이가 사람 말을 잘 따를 리가 있나. 그렇지만 간식을 주려고 살짝 부스럭거리기만 해도 순식간에 나타나는 그 눈치나 재빠름으로 봤을 때, 그리고 호기심이 가득하고 장난치는 걸 그렇게나 좋아하는 걸 봤을 때 녀석들은 똑똑한 게 틀림없다. 적어도 고양이가 강아지에 뒤지지 않을 만큼 똑똑하다, 고까지 양보해줄 수는 있다.

그러고 보니 처음 취직 준비를 할 때 자기 소개서에 줄창 그 표현을 써먹었다. '고양강아지'라고. 틀에 박힌 자기소개서 항목 중 하나인 '본인의 성격을 묘사하고 장단점을 말하시오'였던가, 그 비슷한 항목에 항상 욱여넣었던 단어였다. 고양이처럼 야무지고 자존감이 강하면서도, 강아지처럼 성실하고 충성심도 높다, 뭐 이런 이미지를 강조하고 싶었던 것 같다. 한결같은 고양이상의 인재라면 회사에서는 탐탁치 않아 할 것 같고, 그렇다고 한결같은 강아지상의 인재 역시 부담스러워 할 것 같았으려나. 사실 이제는 그게 어떤 맥락으로 들어간 건지도 기억이 나지 않고, 지원한 곳마다 건건이 퇴짜맞던 시기였는데 어쩌면 그 탓이었는지도 모르겠다고 뒤늦게 반성도 하게 된다. 짬짜면이나 퓨전 음식도 아니고, 고양이와 강아지의 장점을 뒤섞어놓는 게 가능할지도 모르겠다. 애초 서로 상충하는 극단적 면모를 갖고 있는 덕에 각기 매력이 있는 건데 말이다. 강아지랑 고양이가 뛰어노는 걸 보다 보니 저렇게 각자 스타일대로 노는 게 참 보기 좋아 생각이 여기까지 흘러버렸다.

맥주잔을 탈탈 털어마시고는 녀석들이 여전히 툭탁거리고 있는 장면을 눈에 꾸욱 눌러담고는 일어났다. 샴푸마사지와 풋마사지를 함께 받으니 그렇게 좋던데, 한 세 시간 정도 할애해서 다시 한 번 받아보기로 결정했다. 한국에 돌아오기 위해 체크아웃하기 전에는 친해진 호텔 직원에게 다음에 오면 어디를 둘러보면 좋을지 슬쩍 물어봤다. 기대 이상으로 상세하게 조언해줬는데 마침 취향에도 잘 맞을 것 같은 곳들을 추천해줘서, 다시 하노이를 찾을 때에도 가이드북은 필요하지 않겠다. 거기에서도 나른한 동남아의 고양이와 강아지들이 함께 뒹굴며 노는 모습을 구경할 수 있으면 좋겠다.

일본 아키하바라, 코스프레 구경 대신 고양이 카페

일본을 처음 여행했던 건 2001년, 아직 병역 미필자의 신분이다 보니 법적으로 허용된 최대치인 3개월의 뉴욕 체류를 마치고 돌아오던 길이었다. 인천공항으로 바로 돌아오는 게 아니라 도쿄에서 반나절 가량을 머물러야 해서 전체 비행시간이 30여 시간에 달하는 극악의 일정이었다. 그렇지만 기왕지사 출석 체크도 않는 가을학기 앞머리를 며칠 잘라먹는 김에, 항공권 가격도 저렴한데 나리타공항 근처의 호텔에서 1박을 제공해준다니 마다할 이유가 없다. 나름 도쿄 시내를 잠깐이나마 돌아볼 수 있을 거라 생각했다. 정작 호텔 프론트 직원에게 도쿄는 어떻게 가냐고 물었을 때 그 떨떠름한 반응이라니. 왕복 3시간이 넘게 걸리는 데다가 이미 오후 세네 시에 가까운 시간인데 굳이 갈 거냐고, 표정으로 말하고 있었다. 기차여행 하는 셈치고 꾸역꾸역 갔더니 저녁 먹을 시간, 긴자역으로 나와 주변을 좀 돌아보고는 멀찌감치 황궁 실루엣만 보고 돌아와야 했다. 어찌나 아쉽던지. 유카타를 닮은 파자마가 호텔에 걸려 있어 그걸 입고 굳이 사진을 남겼다.

나중에 틈이 나는 대로 일본 곳곳을 가보고 나서야 그때의 아쉬움을 지워냈다. 특히 도쿄는 몇 번을 가도 좋았다. 좋은 곳은 사계절을 전부 보면 좋겠단 생각이 들어서 이번엔 특별히 어딜 가겠단 생각이 없이도 그냥 훌쩍 다녀오곤 했다. 결혼 후에 들어보니 아내도 일본은 여러 차례 다녀왔는데 의외로 아직 도쿄를 가보지 않았다는 거다. 갔던 사람들 말로는 서울이랑 별반 다를 것도 없다거나 재미없다고 하길래 마냥 미뤄두고 있었단다. 기회다 싶어, 도쿄가 얼마나 여행하기 좋은지 꼬드겼다. 게다가 여행의 재미는 함께 하는 사람의 몫이 팔할이라며. 그렇지만 아내가 함께 도쿄 여행을 가기로 마음을 굳힌 건 여기저기 둘러볼 만한 곳들과 먹거리들을 찾아보고 나서였고, 둘러보고 싶은 곳 중에는 아키하바라도 있었다. 건프라나 피규어의 성지이기도 하지만, 무엇보다 코스프레한 사람들을 직접 보고 싶다고 했다. 서울의 선유도공원 같은 곳에서 봤던 건 비교도 안 될만큼 여기가 코스프레의 본산이자 성지라며 기대감을 잔뜩 불어넣어뒀다.

역시 도쿄는 좋았다. 노포에서 제대로 된 히레사케 한 잔과 함께 맛본 호르몬나베나 고등어회도 좋았고, 편의점의 찰떡아이스크림도 좋았다. 커피 취향에 대해 컨설팅을 해주며 원두를 추천해주는 커피전문점은 한국에 옮겨놓고 싶었다. 온갖 스타일의 가구를 둘러볼 수 있던 메구로 가구거리도 재미있었고, 상상하지도 못했던 온갖 주방용품이 모여 있던 아사쿠사의 갓파바시도 시간 가는 줄 몰랐다. 비록 츠키지 시장의 길거리에서 파는 8만 원짜리 와규꼬치를 맛보진 않았어도 아내의 만족도는 별이 다섯 개, 만점을 향하고 있었다. 그리고 이제 아키하바라의 차례가 되었다. 회색이나 계란색을 띤 적잖이 낡은 고층 빌딩들이 줄지어 있는 거리는 온통 전자기기, 피규어, 건프라로 가득했다. 함께 MG급의 건담 프라모델을 몇 점 조립해보기도 했으니 제법 재미를 느끼지 않을까 했는데, 몇 개 건물을 둘러보고는 자긴 이제 충분하단다. 그럴 만도 한 게 워낙 건물들은 크고 빼곡하게 채워져 있어 돌아보기가 쉽지 않고 내용도 크게 다를 건 없다. 가격이 다를 뿐.

그런데 왜 코스프레한 사람들은 안 보이는 거지? 아내가 물었고, 나 역시도 아까서부터 느끼고 당황하고 있던 참이었다. 대체 왜 안 보이는 거지. 일부러 코스어(코스튬 플레이어)들이 가장 많이 모여든다는 일요일에 아키하바라를 찾은 거였는데 말이다. 일이 년 전에 왔을 때만 해도 돌아다니는 코스어들 보는 재미가 심심치 않았는데 약속이라도 한 듯 한 명도 눈에 띄지 않았다. 대로를 훑은 다음에 골목골목 후벼들어 가봤는데, 아무래도 보이는 건 메이드 카페를 홍보 중인 메이드들 뿐이다. 대체로 하얀색 블라우스에 검정색 앞치마를 두른 하녀 복장을 하고는, 고양이귀 모양의 헤어밴드를 하고는 냥냥거리며 손님을 모으고 있다. 심지어 가게 이층에서 메가폰을 잡고는 냥냥, 냥냥냥, 노래를 하며 단체로 율동중인 메이드 알바생들도 보인다. 아무래도 코스프레를 즐기는 사람들 대신 고양이 흉내 내는 메이드만 보고 가게 생겼다. 메이드 카페는 어떤 곳인지 들어가 볼까도 싶었지만 아무래도 안 내킨다.

지치고 실망한 와중에 아내가 고양이 카페를 발견했다. 고양이 흉내 내는 아이들을 보느니 제대로 고양이를 보며 쉬었다 가자는 제안, 거부할 이유가 없다. 아키하바라에까지 와서 고양이 카페를 찾는 외국인 여행자는 우리 밖에 없을 거라 생각하면서도 역시나 일본의 고양이 카페가 궁금하던 참이었다. 말끔한 이중문이 바깥의 부산하고 시끄러운 공기를 우선 막아섰고, 알콜 스프레이랑 손세정제를 사용하고서야 입장이 가능하다는 단정한 안내문이 뒤를 이었다. 들어서니 무엇보다 쾌적하고 청결한 공기, 고양이에게서 나는 동물 냄새나 화장실에서 나는 특유의 암모니아 냄새도 느껴지지 않았다. 고양이들은 벵갈이니 페르시안이니 먼치킨이니 여러 종류가 있었다. 고양이가 올라가 쉬거나 숨어있을 수 있는 입체적인 공간들이 충분해 보였다. 무엇보다 카페 가운데에 커다랗게 구성된 캣타워는 차라리 해먹을 잔뜩 이고 있는 커다란 나무와도 같았다. 해먹에 누운 고양이들이 둥그런 열매처럼 주렁주렁 매달려 자고 있었다.

음료를 주문하고 창가 자리에 앉았다. 창밖에는 방금까지 헤집고 다니던 아키하바라의 거리가 내려다보였고, 그 위로부터 쏟아지는 햇빛이 선명하게 테이블을 핥고 있었다. 햇빛 아래에서도 흩날리는 고양이 털오라기 한 올 보이지 않을 만큼 깨끗하게 관리되고 있다는 걸 다시 실감했다. 창틀가에도 고양이들을 위한 해먹이나 쿠션들이 층층이 준비되어 있었다. 햇살을 좋아하고 바깥 구경을 좋아하는 고양이들로 역시나 만원 사례. 다른 손님들은 어떻게 놀아주고 있나 봤더니 우리처럼 그저 거리를 두고 구경하거나 오뎅 장난감으로 놀아주는 정도로 얌전하게 고양이들을 지켜주고 있었다. 부모 손을 잡고 온 어린 아이들도 고양이를 쫓아다니거나 놀래키지 않고 조심조심 쓰다듬어주는 정도였다. 역시 고양이 왕국의 고양이 카페라는 건 이 정도인 건가. 가게마다 마네키네코를 세워 손님을 맞이하고, 매력적인 고양이 캐릭터들이 영화나 애니메이션에서 즐비하게 등장하는 나라답다.

적어도 내가 과거에 들렀던 고양이 카페 중에 한 곳과 비교하면 정말 천양지차였다. 그곳에서는 수십 마리 고양이가 그리 넓지 않은 공간에서 살고 있었다. 밥 먹일 시간이면 사오십 마리는 족히 되어 보이는 고양이들이 사료 포대를 따라 밀물처럼 사방에서 들이닥치는 게 스펙타클하기도 했지만 안타까움이 컸다. 무려 서울 강남에 있는 곳이었는데도 도무지 위생이라거나 고양이들의 복지라는 측면을 고려한 구석이 하나도 보이지 않았다. 물그릇이나 밥그릇은 턱없이 모자라 보이고, 화장실은 청결하지도 충분하지도 않아 보였다. 먹고 사는 걸 넘어서 본래 영역 동물인 녀석들에게 주어진 고유 영역은 고작 자기 몸뚱이 하나 누일 정도의 공간이랄까. 다른 고양이들에 부딪히지 않고 제대로 뛰거나 장난감을 좇아 움직일 만큼의 공간 한 점 없어 보였다. 물론 그것도 누군가 고양이를 밟지 않고 움직이며 장난감을 흔들어 줄 수나 있을 때의 이야기지만. 물론 모든 한국의 고양이 카페가 이런 것도 아니고 청결하게 잘 유지되는 곳도 많다. 그렇지만 역시 외국 여행 중에 굳이 시간을 내어 찾아간 고양이 카페라 그런지 더욱 기억에 남는다. 코스프레 구경을 못했어도 아쉽지 않을 만큼 기분 좋은 경험이었다.

북한 개성, '츤데레' 고양이 왕국에 다녀오다

차에는 운전석 앞쪽으로 조그마한 빨간 깃발을 꽂았다. 현재 이 차량은 비무장인 상태로, 합법적으로 방문 중임을 알리는 표지라고 했다. 회선을 끊어둔 네비게이션의 까만 화면 위로는 하얀색 종이를 덮어뒀다. 내가 탄 차의 번호판은 마찬가지로 새하얀 판이 덧대여 있었다. 앞뒤에 선 차 번호판에는 '림시'라는 생경한 단어가 쓰여 있기도 했다. 일렬종대로 늘어선 차들은 무슨 의례에리도 참석한 듯 엄숙하고 조용하게 움직였다. 어느 지점에선가 이쪽의 군인들이 탄 지프차는 무리에서 이탈해 멈춰서는 행렬을 지켜보고 있었다. 그리고 그 앞에는 저쪽의 군인들이 우리를 지켜보고 있었으니, 말하자면 인수인계의 지점이었던 셈이다. 겨울로 가는 문턱이었어서 그런지 행렬 좌우로는 온통 누렇게 죽어가는 풀들과 헐벗은 나무들뿐이었다. 그 즈음부터는 왠지 몰라도 확연히 나무들의 키가 작아졌다는 인상이 남았다.

남쪽으로 날아가는 새떼의 날갯짓이 우아하지만 날렵했다. 그에 비하면 우리는, 그래, 딱 소걸음이었다. 고 정주영 회장이 북한으로 소떼를 몰고 갈 때 이용했다는 바로 그 길 위에서 우리는 '림시' 번호판을 단 차를 타고서 소걸음으로 개성을 향하고 있었다. 2008년 늦가을의 일이었다. 기어이 비무장지대를 넘어보는구나, 가슴이 답답하고 호흡이 가빠지는 느낌이 문득 차올랐다가 사라졌다. 세계에서 가장 폐쇄적인 나라 중의 하나, 같은 말을 쓰고 같은 외모를 가졌지만 굉장히 다른 나라에 발 들이게 되는 거다. 남보다도 못한 가족이랄까. 게다가 남과 북이 10년을 지속해온 금강산 관광이 어느 관광객의 피격 사망 사건으로 막히기 직전이었고, 출장 다음 달부터는 개성 육로를 통제하겠다는 북측의 통고가 전달된 상황이었다. 심지어 남측으로부터 받는 방북증은 무사히 나왔던 동료 한 명은 북측으로부터 받아야 하는 통행증 발급을 거부받아 끝내 함께 올 수 없었다. 나는 기도하는 심정으로 몇 주를 속을 썩였다.

운이 좋았다. 내 첫 회사는 한국의 무역업체들을 회원사로 하여 무역 전반을 지원하는 기관이었다. 신입직원들에 대해 OJT, '온 더 잡 트레이닝'이라는 이름으로 회원사에 파견하는 프로그램이 있었다. 회사에 대해 조금 익숙해진 신입직원들이 각기 지망에 따라 다른 회원사로 몇 달간 출근하며 무역 실무나 전반적인 회사 업무를 이해하는 것이 목적이었던 것으로 기억한다. 어느 선배가 개성공단에 큰 공장을 가진 회원사로 파견을 나간 중에 개성 출장을 갈 뻔했다더라,

하는 이야기를 듣고부터 동기들에게 거긴 내가 가겠노라고 미리 침부터 발라뒀다. 다행히 원하는 회원사에 파견을 가게 되었고, 제대로 할 줄 아는 것도 없는 파견직원을 고위 임원의 공단 출장에 동반시켜 주겠다는 이야기까지 참 순조로웠다. 돌이켜보면 그 이후로 지금까지 개성공단 패쇄를 비롯해서 남북관계가 악화일로로 치닫고 있는 판이니, 개인적으로는 정말 귀한 경험을 할 수 있는 기회를 잡은 셈이다.

북한 측 출입 사무소에서 비행기 입국심사 하듯 금속 탐지기를 지나 세관에 출입증을 제출했다. 빨간 계급장과 김일성 배지가 달라붙은 채 칼같이 각 잡혀 있는 누런 북한 군복을 입은 군인이 딱딱한 낯빛으로 나를 맞았다. 금속 탐지기를 통과할 때 코트의 금속 쇠붙이가 삑삑 소리를 내며 주변 사람들의 이목을 끌었던 지라 살짝 주눅이 들어있었다. 웃어야 할지, 웃어도 될지 잠시 혼란스러웠지만 도장 한 방, 쾅 찍어주고는 손짓으로 나를 내보냈다. 딱히 무섭게 하려거나 긴장감을 조장하기보다는 그냥 소 닭 보듯 하는 느낌이 들었다. 남보다 못한 가족이란 건 내 감상일 뿐 이미 서로에게 그저 데면데면한 남이 되어버린 건가 싶었다. 바로 찾은 공장에서도 마찬가지였다. 재단을 담당한 공원들, 그리고 차례차례 순서대로 봉제를 해나가는 공원들. 시끄러운 재봉틀 소리가 가득한 공간에서 그들은 갑작스레 출현한 이방인들에는 눈길 하나 주지 않고 할 일만 묵묵히 할

따름이었다.

그런데 차츰 소음에 익숙해지고 나니 다르다. 자기들끼리 드문드문 웃음을 섞어 이야기도 하고 작업반장에게 목소리를 높이기도 하는 모습이 한국 사람이랑 다를 것도 없다. 어쩌면 난 의류 제조공장이라는 곳에 처음 들어와서 느낀 생경함을 북한 사람들과 대면하고 느낀 당황스러움으로 잘못 생각했을지도 모르겠다. 몇몇 공원들과 면담하며 들었던 에피소드 한 토막에 내가 잘못 생각했다는 게 더욱 확실해졌다. 2005년인가 공장 준공 기념 패션쇼에 김태희가 왔다고 한다. 식당의 의자와 테이블을 모두 치워놓고 만든 런웨이에 한국 최고의 여배우가 워킹을 한다는 소식에 이곳 공원들이 모두 기대감에 충만해 있었다나. 정작 김태희는 기대에 못 미쳤고 함께 워킹을 했던 다른 모델이 더욱 이뻤다고 한목소리로 고개 끄덕이며 이야기했다는 말을 듣고 어찌나 웃기던지 긴장이 확 풀렸다.

식사하러 찾았던 봉동관이라는 북한식 고급 음식점에서도 마찬가지였다. 콘크리트 벽돌로 설렁설렁 지어진 한 층짜리 건물 외양만 봐서는 여느 한적한 시골 마을에 있을 법한 어설픈 음식점 느낌, 곳곳에 페인트가 벗겨져 나간 건물 전면의 작은 간판은 자칫 머리가 부딪히지 않을까 싶을 만큼 야트막했다. 다소 쌀쌀맞은 표정의 점원은 외국의 북한 음식점처럼 공연을 위한 무대가 있는 홀의 테이블을 지나 여덟 명이 겨우 자리 잡아 서빙을 받을 만큼의 조그마한 방으로 안내했다. 자리에 앉자마자 접대원이라 불리는 여점원은 쉼 없이 음식을 날라왔다. 대동강맥주 대신 주문한 '고려 신덕산 샘물'이니 '대동강 사과탄산단물'부터, 녹두전, 소꼬리찜, 오리구이, 닭백숙, 잡채, 양고기 볶음까지 푸짐했다. 덕분에 후식으로 나온 평양냉면은 숨을 헉헉거리며 먹어야 했다. 아직 그 슴슴하고 깔끔한 맛에 눈을 못 떴던 때임에도 국물까지 홀라당 다 마셔버렸다.

음식을 날라오는 와중에 접대원은 자연스럽게 말을 계속 건네왔다. 이 음식은 뭐고 양념은 어떻게 했는지, 음식이 입에는 맞는지, 우왁스럽게 일방향으로 멘트만 내뱉는 것이 아니라 이쪽의 대화 흐름이나 마음의 준비상태를 가늠하고 살뜰하게 대해주는 자세가 좋았다. 함께 자리했던 아저씨들의 농담 섞인 이야기나 얄궂은 질문에는 경우에 따라 천연덕스럽게 말을 받아치거나 센스 있게 이어받아주는 그 감각에 감탄할 수밖에 없었다. 말석에 자리했던 내게는, 양념을 많이 한 음식을 먹으면 건강에 안 좋다느니, 밥 먹는 와중에 서너 차례나 전기가 끊길 때마다 여기선 종종 일어나는 일이라며 맛있게 식사하시라느니 하며 챙겨주기도 했다. 마냥 츤츤한 것만 같던 북한 사람들이 이렇게 살갑기도 하구나 싶기도 했다. 그렇지만 잠시 접대원들이 자리를 비운 사이 어느 분의 촌평, 원래 여기가 유일한 고급 음식점이었다가 평양관이라는 경쟁 식당이 생겨서 독점이 깨지고 나니 서비스가 훨씬 부드러워지고 친절해졌다고.

'츤데레'라는 표현이 일반에 퍼진지도 꽤 됐다. 딱 떨어지는 의미는 여전히 찾기 어렵지만, 쌀쌀맞은 듯 '츤츤'하지만 사실은 살가운 '데레데레함'도 겸비하고 있는 성정을 가리키는 정도로 이해하고 있다. 제 멋대로이고 혼자 세상사는 표정이지만, 사실은 애교도 많고 살가운 동물, 고양이에 딱 맞는 표현이라고 생각하고 있었다. 그런데 개성에서 만났던 공장 직원들, 음식점 접대원들도 모두 그 표현에 맞춤해 보였다. 그네들을 칭하기에 가장 적당한 단어가 아닐까 싶었다. 심지어 다시 한국으로 돌아오기 전 내 카메라에 찍힌 사진들을 한 장 한 장 샅샅이 검열하던 북한 군인까지도 무표정한 '츤츤함' 가운데 왠지 '데레데레함'이 느껴졌다면 나만의 착각이었을런지. 애니메이션 〈고양이의 보은〉에 나오는 고양이 왕국에 훌쩍 다녀온 기분이었다. 여차하면 총에 맞는 건 아닐까 걱정했던 처음의 마음과는 무척이나 달라졌다. 그건 개성에서 맞이했던 그해 첫눈이 유난히 따뜻했기 때문일지도 모른다.

용산 남일당, 고양이의 위로라도 도움이 된다면

고양이를 좋아하는 사람이라고 다 고양이를 기를 수 있는 건 아니다. 여러가지 제약이 있겠지만, 그중에서도 자기 몸이 고양이를 받아들일 준비가 됐는지도 중요하다. 알러지가 문제다. 고양이털에 알러지 있는 사람들은 의외로 많고 그중에서도 적잖은 사람들이 꽤나 심한 알러지 반응에 고생하는 것 같다. 그런 체질이라면 애초부터 고양이를 피하고 멀리 힌다면 아무 문제도 없을 텐데, 체질이 어떻든 간에 고양이가 너무 좋다는 사람들이 꼭 있기 마련이다.

좀 바보 같은 상황이긴 한데 이건 매운 음식이나 술을 두고 겪는 아이러니랑 비슷하기도 하다. 입에서 아무리 매운 게 땡기고 술이 쭉쭉 들어가도 속에서 받쳐주지 못하면 말짱 꽝인 거다. 다음날까지 정신없는 후폭풍을 겪고 나면 내가 앞으로 어쩌구 매운 게 어쩌구 술이 어쩌구, 자못 진지하게 맹세를 한다. 그렇지만 또 며칠 지나고 나면 언제 그랬냐는 듯 다시 매운 게 땡기고 술이 땡긴다. 이 역시 내 얘기기도 하다.

알러지가 얼마나 심하냐면, 말 그대로 눈알 흰자위가 눈구멍 밖으로 흘러나올 정도다. 처음에는 잘 모른다. 그냥 조금 눈이 간지럽다 싶은 느낌이 들다가 만다. 겉으로 봐서는 아무런 증상도 없어서 뭐가 잠깐 들어갔나 헷갈리기도 한다. 잊어버리고서 한참 있다가 문득 눈이 쿡쿡 찌르는 통증이 온다. 많이 아픈 건 아니고 그냥 뭉툭한 성냥개비 끄트머리쯤으로 살짝 건드려지는 기분이랄까. 거울을 보면 아니나 다를까, 눈물이 줄줄 흐르는 와중에 흰자위 속의 실핏줄이 그새 온통 빨갛게 도드라졌다. 이제부턴 시간 싸움이다. 당장 알러지에 잘 듣는 안약을 찾아 넣을 수 있을지, 아니면 눈알이 풍선처럼 부풀어 오르는 게 빠를지. 부풀어 오르는 속도가 생각보다 워낙 빨라서 조금만 안약 처치가 늦어도 영락없다. 검은자위가 단단하게 박힌 못대가리처럼 둥근 눈알의 형체를 지탱하고 있는 와중에 흰자위는 슬슬 부풀어올라 검은자위를 압박해 들어간다. 그러다가 껍질만 살짝 익어 반투명한 계란 흰자가 후라이팬 바깥으로 주욱 흘러내리듯 눈구멍 밖으로 흘러내린다. 메롱, 하는 느낌으로.

눈을 깜빡거릴 때마다 느껴지는 그 이물감은 굉장하다. 위아래 눈꺼풀로 얼핏 느껴지는 그 물컹한 느낌, 그리고 눈구멍 안쪽을 꽉 채우고도 모자라 밖으로 꾸역꾸역 삐져나오는 뭔가. 치아가 다 빠져버린 잇몸으로 틀니도 안 하고 버티면서 아구찜이나 도토리묵 같은 음식을 씹으면 이런 느낌일까 싶다. 이러다가 주르륵 전부 새어나오는 게 아닐까 싶은 조마조마함과 더불어 그 뭉툭하고 어설픈 감각 때문에 되려 온통 신경이 거기에 쏠려 버리는 거다. 대충 한 달에 한두 번은 겪는 일이라 이제는 그냥 그러려니 하고 있지만, 사실은 주변에 나만큼 혹은 나보다 더 심하게 알러지로 고통받는 사람들이 있다는 게 더 큰 위안이 된다. 재채기가 심해서 알러지약을 장복 중인 사람도 있고, 나처럼 눈알이 흘러나오는 경험을 자주 하는 사람들도 있다. 없던 천식이 생겨서 사라지지 않는 몸이 되어버렸다거나 죽고 싶지 않으면 함께 살고 있는 고양이들을 내다버리라는 의사의 협박을 듣기도 했다 한다.

고양이 알러지가 심하다는 걸 처음 알게 된 건 2009년이었다. 새해 벽두부터 '용산 참사'라는 야만적인 사건이 있었던 해이기도 하고, 그 김에 고양이 카페를 처음 가보기도 했던 터라 기억이 선명하다. 그 김에, 라는 표현이 조금 이상할지 몰라도 애초 참사 현장이었던 용산 남일당을 찾아가 보자고 하루 휴가를 낼 때부터 생각했던 동선이었다. 참사가 터지고 6개월쯤 지난 이후였음에도 남일당 건물은 여전히 까맣게 그을린 채였다. 선연한 빨간색에 느낌표로 끝나는, 단호하고 강력한 어조의 벽보가 골목 가득 붙어 있었다. 문정현 신부님을 비롯한 사제단과 대책위원회에서 분향소를 설치하고 매일 추모 미사를 드리고 있다고 했다. 분향소는 한

산했다. 분향소 왼쪽에 지어진 평상에선 로만칼라의 신부님들이 인터넷도 하고, 책도 보고 이야기도 나누며 자리를 지키고 있었다. 전국철거민연합의 까만 조끼를 입고 다니는 분들은 의외로 매우 밝고 의연했다. 뒤늦게서야 찾아가 착잡하고 침통한 표정을 짓고 다니기도 민망한 기분이었다.

뭐라도 사야겠다 싶어서 슈퍼에서 뭘 살까 고민하다가 우습게도 두루마리 휴지를 사버렸다. 보통 일이 잘 풀리기를 바란다는 덕담을 대신해 집들이갈 때 사 들고 가는 게 휴지라지만, 정말로 그런 마음을 꼭 전하고 싶었다. 부디 진상이 규명되고 책임자는 처벌받기를. 참사가 벌어지던 순간을 인터넷을 통해 실시간으로 겪은 이후로는 계속해서 속이 불편한 게 꼭 체한 기분이었다. 이미 많은 분이 도움을 주고 가시는 듯했다. 생수에 수박, 포도, 사과에 더해서 쌀포대까지 쌓인 한 켠에 내 두루마리 휴지가 놓였다. 유가족분들은 거의 거기서 살고 계신 것 같았다. 한쪽에선 불에 그을린 양동이나 손잡이가 떨어져나간 냄비로 식사를 준비하고 있었고, 건물 외벽에 의지해 늘어뜨려진 빨랫줄에는 하루치의 빨래가 널려 있었다. 건물을 반 바퀴 에둘러 보다가 문득 올려다본 하늘은 시커멓게 그을린 채 팍삭 허물어져 내린 컨테이너의 잔해로 가려져 있었다. 덜컥, 마음이 출렁거렸다.

더는 있으면 안 되겠다 싶어서 재빨리 자리를 떴다. 이럴 줄 알고 짰놨던 동선대로, 사람들을 피해서 고양이들이나 실컷 보고 마음에 위로를 얻을 심산이었다. 인기가 많다는 근처 고양이 카페를 미리 찾아뒀는데 아직은 이른 금요일 오후 시간이라 사람들이 많지 않으리라 짐작했다. 사람은 주인 아저씨 한 명밖에 없는데 고양이는 엄청나게 많았다. 거의 세 걸음마다 한 마리씩 마주쳐 머리를 쓰다듬을 수 있을 정도였다. 특유의 오줌 냄새도 코를 날카롭게 찌르고, 큰 창으로 들이치는 햇살 속에선 고양이털들이 희뿌옇게 모래폭풍처럼 휘날리고 있었다. 바닥에 큰 대자로 뻗어 몽롱한 눈빛으로 잠에 취한 녀석이 있는가 하면, 아늑해 보이는 캣타워 위 바구니에서 두 눈만 내놓은 채 사람을 구경 중인 녀석도 있고 의자에 사람처럼 등을 기대 앉아서는 주변 고양이들을 굽어보는 녀석도 있었다. 사자 갈기 같은 털을 가진 녀석도 있고 다리가 짧아 닥스훈트를 연상케 하는 녀석도 있었는데 그냥 다 귀여웠다. 마음이 금세 녹아내렸다.

이제 조금 차분하게 앉아 고양이들이 노닥거리는 걸 구경할 생각이었다. 여태 카페 안에 가득한 오줌 지린내와 고양이털을 풀썩거리며 들추고 돌아다녔으니 입장료에 포함된 아이스 아메리카노를 마시며 한 마리 한 마리 눈여겨볼 생각이었다. 그런데 테이블에 앉자마자 무릎으로 파고들어 앉아 애교를 부리던 얼룩고양이 하나가 갑자기 휴대폰 진동 모드로 설정된 것처럼 부르르 떠는 거다. 따뜻함을 넘어선

뜨끈함이 순식간에 내 아랫도리에 전해졌다. 뒤이어 코를 찌르는 날카롭고 불쾌한 냄새까지. 감히 움직이지도 못하고 떨리는 목소리로 주인 아저씨를 찾으니 화장실 가서 깨끗이 씻고 드라이로 말리면 된단다. 자주 일어나는 일인 듯 대응이 평온하다. 원래 고양이들은 이런 일이 잦은가 보다. 아직 '고알못', 고양이를 알지 못하던 때라 덩달아 그러려니 했다. 씻고 나와 그 녀석을 다시 찾으니 구석에 숨어들어서는 눈치를 살피고 있었다. 적어도 그렇게 살짝 주눅이 든 듯 보였다. 귀엽게도.

30분쯤 지났을까, 도저히 못 참겠어서 후다닥 가방을 챙겨 들고 나왔다. 눈이 너무 아팠다. 가까운 약국을 찾으니 이건 빨리 병원으로 가는 게 낫겠다고 했다. 다시 가까운 병원으로 향했다. 눈물이 쉼 없이 흐르고 눈이 따가운 게 앞도 잘 보이지 않아, 겁이 덜컥 났다. 이러다 실명되는 거 아닐까 하고. 병원에서는 의사 선생님이 나더러 대체 어딜 다녀왔냐며 혼내듯이 추궁했다. 별스러운데 다녀온 적 없었고 그저 세 걸음마다 고양이가 있던 고양이 카페를 다녀왔다고 했더니 어이없어하며 다시는 그런 곳에 가지 말란다. 가뜩이나 알러지도 있는 사람이 마치 '화약을 등에 지고 불로 들어간 것'과 같다며 알러지 반응이 폭발적으로 일어난 것이라 했다. 주사도 맞고 약도 처방받았다. 그러고 나서도 3일 동안 눈이 빨갛게 충혈된 채로 지내야 했다. 그게 내 첫 알러지 대폭발 사건의 전말. 그 와중에도 난 의사한테 고양이가 무릎에 앉아서 오줌을 쌌단 이야기까지는 안 하길 잘했다 싶었다. 고양이도 자존심이 있지.

서해 승봉도, 하얀 고양이와 무아지경 플라워댄스

섬에 대한 로망이 늘 있었다. 제주도처럼 너무 커서 육지에 서 있는 것과 별반 느낌이 다름없는 것 말고. 제주도가 섬이 라면 왠지 호주도 섬이고 유라시아 대륙도 섬이라고 해도 별로 억지스럽지 않은 것 같달까. 섬 끄트머리에 서면 섬의 반대편 끄트머리가 보이는 그런 작은 섬에 머물고 싶단 생 각에 기회가 되는대로 서해안, 남해안의 작은 섬들을 찾아 다녔다.

인천 쪽의 대이작도라거나 자월도, 연육교로 이어진 선재도 정도가 그래도 내가 찾던 분위기와 비슷했고, 땅끝마을 지 나 보길도라거나 완도 아래 청산도, 아니면 통영 아래 비진 도 같은 섬들은 꼭 마음에 들었다. 제주도에 연한 가파도나 비양도, 우도도 좋았다. 동해에 있는 울릉도도 오가기가 쉽 지 않은 점만 아니라면 언제든 다시 가고 싶은 섬 중 하나 다. 그렇다고 공항을 짓잔 이야기는 아닌데 현재 공사 중이 라 한다. 여하간 그 많은 섬 중에서도 인상에 남는 섬, 특히 나 고양이가 이뻤던 섬 중 하나를 꼽으라면 승봉도를 꼽고 싶다.

승봉도. 섬의 지형이 봉황의 머리를 닮았다고 해서 승봉도란 이름이 붙었다는데 좀처럼 상상이 안 간다. 어쨌거나 이섬은 인천 앞바다에 떠있는 수많은 섬 중의 하나다. 인천 연안부두에서 한 시간 완행 기차 타듯 배를 타고서 자월도, 이작도를 거치면 비로소 나타났다. 세월호 사고가 터진 지 얼마 되지 않아 그랬는지, 티켓을 끊을 때도 주민번호를 포함해서 인적사항을 철저히 적도록 체크하고 있었다. 혼자 배를 탄다니 왠지 다른 탑승객들에 비해 눈길을 한 번 더 받는느낌이었다. 배 안의 커다란 브라운관 텔레비전에서는 새로제작한 게 틀림없어 보이는 구명조끼 입는 방법에 대한 동영상이 한 차례 돌았고, 잠시 선상으로 올라가 바다 구경을하고 나니 금세 도착했다. 황해가 다른 바다보다 수심이 얕아 탁하고 뿌옇다고는 하지만 그래도 뭍을 떠나 이 정도 나오고 나면 물 색깔도 다르다. 항구에서 내리는 사람은 나밖에 없었고, 이내 배는 다시 선수를 돌려 인천으로.

피서철이 슬쩍 빗겨낸 9월 초, 아마도 그 때문이겠지만 외지인은 거의 보이지 않았다. 그저 곳곳에 고정된 채 같은 말을반복하는 NPC처럼 몇몇 주민분이 나른한 태도로 조그마한슈퍼에서, 논두렁에서, 그리고 개점 휴업 중인 음식점 겸 펜션에서 낯선 이에 미적지근한 관심을 보여오셨다. 애초 숙소는 찾아보지도 않은 채 도착하는 대로 대충 구해야지, 라는 안이한 생각으로 배를 잡아탄 터라 무작정 선착장에서부터 해안도로를 따라 걸었다. 마음이 동하는 풍광이 있는 곳에서 가장 가까운 숙소를 잡을 생각이었는데 앞으로 푸른 바다와 점점이 떠 있는 섬들이 앞서거니 뒷선 곳을 펼쳐 두고 뒤로는 짙푸른 초록빛이 무성한 언덕 혹은 작은 산을 두르고 있는 구빗길이 나타났다. 이쯤이면 좋겠다 싶은 생각에 주위를 둘러보니 언덕 위에 민박집 같은 게 하나 보이는 거다. 저 높이면 바다 내려다보기에도 참 좋겠다 싶어서 더 생각할 것도 없이 일단 방부터 잡기로 했다.

완만한 언덕길을 오르려니 하얗고 통통한 고양이 한 마리가 어디선가 나타났다. 걸음을 옮기는 내 앞에서 알짱거리면서 꼭 두어 발자국 앞을 이끄는데 재미있으면서도 살짝 무엇에 홀린 듯한 기분으로 민박집 파란 대문 앞에 섰다. 따라 들어오라는 것처럼 대문 안으로 스며들듯이 사라진 고양이를 좇아 들어가니 작지만 단정한 잔디마당 한가운데 가만히 앞발을 괸 채 어느샌가 눈을 감고 누워 있다. 그 자세가 꼭 세네 시간 전부터 자기는 꼼짝도 하지 않고 그 자세로 누워만 있었다고 주장하는 것 같다. 아닌 게 아니라 너무 안정적이고 편안해 보여서 내가 헛것을 봤던가 잠시 혼란스러울 정도였다. 몽몽몽, 강아지 짖는 소리에 현실감이 돌아왔고 주인 아저씨가 방에서 나왔다. 1박에 3만 원이었던가,

비수기라 싼 거라면서 아저씨는 혼자 왔냐고 묻고는 대체 여길 왜 혼자 왔냐며 혼잣말하듯 혀를 찼다. 뭐, 사람들 피해서 바닷바람 좀 쐬고 머리 식히러요. 웃어 보였다.

괜한 의심을 살까 싶어 강아지랑 고양이로 화제를 돌렸다. 강아지는 공교롭게도 내가 도착한 날 아침에 갓 들인 따끈한 녀석이라고 했다. 뭍에 나가 장에서 사오셨다고 했다. 어미 품에서 떨어진 충격이 커서인지 엄청나게 낑낑거리던 녀석. 아저씨로부터 개똥이란 이름을 갓 수여받은 녀석은 살짝 텁텁한 갈색 솜털이 북실거리는 꼬맹이였다. 시골에서 흔한 이름에 흔한 외모라지만, 티없이 맑고 순한 눈에 짙은 쌍꺼풀이 너무 이뻤다. 그리고 그 문제의 고양이, 마치『이상한 나라의 앨리스』에서 웃음소리만 남긴 채 사라지곤 하던 신비로운 체셔 고양이 같은 녀석의 이름은 나비. 알고 보니 사람을 피하지도 쫓아다니지도 않지만, 순둥순둥한 개냥이였다. 가끔 손님을 맞이하듯 그렇게 길 안내를 해주기는 한다지만 신비로움이나 부지런함과는 거리가 먼 귀차니스트. 하얀 단모 코트에 핑크빛 코와 젤리와 귀를 갖고 있는 데다가 요염한 눈빛이나 유연한 자태에 홀려 쓰다듬을라치면 목덜미던 엉덩이던 배던 다 내어주던 이쁘고 착한 고양이였다.

슬쩍 엉덩이를 떼고 일어섰다. 이어폰을 귀에 꽂고 마저 섬을 돌아보기로 했다. 마침 DJ Okawari의 〈Flower Dance〉를 무한 반복 중이던 때였다. 몽환적인 멜로디가 서서히 피치를 올리며 차곡차곡 음을 쌓아올리는데 집중하다 보면 어느 순간 입구고 출구고 다 사라져버린 동그란 공간에서 뱅글뱅글 맴도는 느낌이 들었다. 사면이 바다로 둘러싸인 섬 같은 곳에, 갇혔다기보다는 안전하게 숨어들었다는 기분. 길가에는 언제부터 방치되었던 건지, 온통 초록 잡풀에 점령된 채 벌겋게 녹이 슨 봉고차랑 트랙터가 세워져 있다. 아직 여물지 않아 초록빛이 싱싱한 논을 보면 꼭 여느 농촌 같은데 보트 몇 대가 논두렁에 정박된 풍경 덕분에 섬이라는 게 새삼 실감났다. 하릴없이 바닷바람에 시달리다 온통 빛바래고 허물어져 버린 어느 횟집의 메뉴판도 있고. 시트지로 글자를 파서 유리창에 붙여둔 지 얼마나 됐으려나, 단어들이 온통 들고 일어나는 중이었다.

조그마한 섬이니까 에라 모르겠다, 하고 잘 닦인 길을 벗어나 아무렇게나 걷기 시작했다. 숲이 우거지고 풀이 무성하게 자란 곳에는 역시나 함부로 발딛는 게 아니다. 특히나 프랑스 베르사유 궁전의 정원에서도 길을 잃고 한 시간 넘게 헤매던 극악의 방향치로서는. 방향을 잃은 채 한참을 당황하며 거친 풀에 팔다리를 쓸리다가 바다를 발견하고 무조건 그쪽으로 향했다. 운이 좋았는지 애초 염두에 두었던 섬 반대편 촛대바위가 있다는 해안이 나왔고, 깨져서 황량

하고 거친 돌밭 너머로는 근처 바다를 통과하는 화물선들이 커다란 고래처럼 보였다. 그런데 대체 촛대바위가 어떤 돌을 가리키는지 알 수가 없다. 사람들이 이름 붙여둔 돌이나 섬에서 그 이름에 걸맞는 형상을 찾아내기란 역시나 대체로 쉽지 않은 일이다. 게다가 촛대바위니 코끼리바위니 사자바위니 하는 이름은 어찌나 흔한지. 굳이 이름 붙이지 않아도 괜찮지 않을까. 아니면 수수께끼를 푸는 셈 친다고 해도 차라리 그냥 내 마음대로 새롭게 이름을 고민하는 게 좀더 재밌겠다.

드디어 포기하고 다시 숙소로 향했다. 간소한 축구 골대와 손바닥만 한 운동장을 가진 승봉분교를 지나 개다리소반 하나 놓인 마룻바닥이 정겨운, 작다 못해 귀여운 성당을 지났다. 민박집 앞마당의 낡고 닳은 파라솔에 앉아 숨을 돌리고는 해지는 풍경을 바라봤다. 확실히 서해의 매력은 갯벌이다. 물이 쓸려나간 전장에 남은 흔적과 잔해를 헤집고 다니는 자잘한 생명체들. 인간에게는 무척이나 가벼워 보이지만, 제게는 묵직하기 짝이 없는 몸뚱이를 질질 끌고 다니며 옅고 희미한 흔적을 남긴다. 사람들 사는 것도 그렇겠지 싶다. 어둠이 내려앉으니 주인 아저씨가 라면 냄비와 소주 두 병을 들고 슬며시 합석하셨다. 무슨 나쁜 생각을 먹고 혼자 오는 사람들이 있어서, 혹시 그런 건가 걱정했노라고. 무슨 힘든 일이 있어서 온 건 아니냐고. 주거니 받거니 소주를 나

누다보니 어느 순간 아저씨는 질문보다는 답변을 많이 하기 시작했다. 아저씨의 인생사에 대한 넋두리 겸 훈계조의 조언으로 바뀌어버린 이야기를 들으며 왠지 마음이 가벼워졌다.

밤새 파도 소리에 귀기울이다 까무룩 잠이 들고는 어느새 아침. 주인 아저씨는 닫힌 방문 밖에 서서 문은 알아서 닫고 가면 된다며, 천천히 쉬다가 가라고 이른 인사를 하곤 옆섬으로 마실을 떠나셨다. 파라솔에 앉아 개똥이랑 나비랑 한참을 놀다 보니 돌아갈 시간이 되었다. 나비를 마지막으로 쓰다듬어주고는 가방을 챙겨 나서니 녀석이 또 슬슬 대문까지 따라나와 배웅을 해준다. 지척에 있는 항구에 도착하고 나니 무언가 이 세상의 끝인 양 막다른 마침표에 도달한 느낌. 그렇지만 조만간 배 한 척이 들이닥쳐 마침표를 쉼표로 바꿔줄 거란 걸 알고 있으니 이제 무한 반복 중이던 노래를 다른 걸로 바꿔 들을 타이밍이다. 이왕이면 조금 밝고 경쾌한 거면 좋겠단 생각이 들었다. 비로소.

서울 둔촌동, 고향 잃은 고양이들과 내 영역

대학에 들어가기 전까지 쭉 서울 동쪽에 살았다. 한 집에 붙박여 산 건 아니었지만, 성내동이랑 큰 길 건너편 둔촌동을 전전하면서 비슷한 동네에 머물렀다. 중학교를 들어가기 전까지는 성내동의 연립주택에 살았고, 이후에 고등학교 졸업할 때까지 둔촌주공아파트에 살았으니까. 둔촌아파트에서는 애초 1단지로 자리를 잡아서, 잠시 성내동으로 돌아갔다가는 다시 2단지로 옮겨지고, 다시 또 다른 2단지 내 아파트로 옮겨가는 식으로 아파트를 벗어나지 않았다. 그 동네는 다소 재미있게 배치돼 있었다. 8차선 대로인 강동대로를 경계로 우선 송파구와 강동구가 나뉘고, 다시 양재대로를 사이로 강동구의 둔촌아파트 단지와 성내동이 나뉘었다. 반대편으로는 송파구의 올림픽아파트 단지와 올림픽공원이 나뉘었고. 성내동에 비해 둔촌동이, 둔촌동에 비해 8차선 대로 건너편의 송파구가 전반적으로 좀 더 잘 사는 동네였고, 아이들도 각자의 '나와바리'에서 편안했던 것 같다.

성내동에서 초등학교를 나와 둔촌동으로 중학교를 가게

됐다. 친구들은 전부 다니던 초등학교 옆 중학교로 배치됐기 때문에 혼자 이상한 나라로 내동댕이쳐진 듯 울적한 기분이었던 걸로 기억한다. 작고 낮은 연립주택들이 다닥다닥 붙어 있던 골목을 가로질러 도착하던 초등학교랑 다르게, 큰 길을 건너 높다랗고 큼지막한 아파트 건물들 사이로 들어가야 한다는 것도 위압적이었다. 그렇지만 처음 등교하던 길, 둔촌아파트 단지 내를 가로지르며 만났던 새하얗고 커다란 목련과 흐드러지게 피어난 벚꽃이 너무나도 아름다웠다. 노곤한 봄바람에 살풋 흔들리는 하얀 꽃잎이 문득 반짝거리는 햇살을 맞아 투명해지며 끝내 사라져버리는 듯한 환상, 아침마다 그런 봄 풍경 속을 걸어가 새로운 친구들을 사귀고 학교에 익숙해졌을 무렵에는 두껍고 묵직한 목련꽃잎이 툭툭 떨어지는 소리가 여름을 재촉했다. 그 즈음에 둔촌주공아파트로 이사를 왔던 것 같다.

둔촌주공아파트는 꽤나 특별했던 공간이었다. 네 개의 덩어리로 이뤄진 커다란 아파트 단지 내에는 대동맥 역할을 하는 넓은 4차선 대로가 이리저리 종횡했다. 외부 차량이 적당히 통제돼 지나는 차들이 그렇게 많지는 않았다. 일 년에 한 번씩 있던 축제 기간에는 단지 내에 있던 사회체육센터 앞 대로가 그대로 커다란 무대가 되어 연예인들을 초청하고 바자회나 노래자랑대회 같은 걸 열어서 시골에서나 볼 법한 마을 잔치같은 풍경을 연출하기도 했다. 축제의 기억이 워낙 각별했는지, 재개발이 결정되고 나자 이를 추억하는 사람들이 사진이나 글을 모아 책으로 출간한 것이 잠시 화제가 되기도 했다. 나 역시도 중학교 때 학교를 마치고 친구들이랑 축제에 놀러가서 핫도그를 사들고는 동네를 돌아다녔더랬다. 그러다가 3단지의 정중앙에 있는 기린 놀이터까지 가서 오랜만에 잠시 앉아보기도 했던 것 같다.

사실 기린 놀이터는 어렸을 적부터 잘 알고 있던 곳이었다. 아직 성내동에 살던 코흘리개 무렵, 동네 공터나 골목에서 노는 게 질리면 큰 형들을 따라서 기린 놀이터까지 원정을 떠나곤 했다. 손들고 건너야 하는 신호등을 세네 개나 건너가야 하는 먼 길이었지만, 그때는 기린 놀이터가 세상에서 제일 멋진 놀이터라고 생각했다. 특이하게도 콘크리트 재질로 만들어진 미끄럼틀이 기린 모양을 하고 있어서 모두 기린 놀이터라고 불렀다. 다른 탈것도 많았지만, 거기까지 향하는 이유는 오로지 기린 미끄럼틀을 타는데 있었기 때문에, 순식간에 타고 내려와서는 잽싸게 줄을 다시 서야 한번이라도 더 탈 수 있었다. 오가는 길에 보이던 고양이도 왠지 달라 보였다. 성내동 연립주택 옆 벽돌담으로 둘러쳐진 공터에서 한두 마리씩 출몰하던 고양이들은 밤이면 시끄럽게 울어대고 걸핏하면 피투성이가 되도록 서로 싸워대는 통에 무서웠다. 아파트 단지 내에서 스쳐보이는 녀석들은 좀더 깨끗하고 상냥해 보였다.

실제로 둔촌아파트에서 살게 되면서는 정작 고양이를 많이 만나지 못했다. 그저 아파트 단지 곳곳에서 슬며시 고개만 내밀고 해바라기 중인 녀석이나 잰 발로 차도를 건너는 가족들을 본 기억 정도려나. 그렇게 둔촌주공아파트에 적응한 것도 잠시, 고등학교는 8차선 대로 건너 송파구로 배정을 받았다. 중고등학교가 한몸으로 붙어 있는 구조였기 때문에 친구 대부분은 그대로 같은 고등학교로 진학했는데 또다시 떨어져 나온 기분이었다. 이번에는 올림픽아파트 단지 내에 있는 고등학교였다. 다시 새로운 친구들을 사귀고 새로운 학교에 적응하는 건 금방이었지만, 아무래도 올림픽아파트는 둔촌아파트만큼 익숙해지지가 않았다. 어렸을 적 기린 놀이터로 놀러다니고 고양이들이랑 눈인사하며 사전 답사를 마쳤던 둔촌아파트와는 달리 아무런 접점이 없어서였을 거다. 그리고 굳이 올림픽아파트 단지를 지나다닐 일이 없기도 했다. 아침잠이 많았던지라 등교 시간을 아낀다고 아파트 담을 넘어서 8차선 대로를 무단횡단하면 바로 학교 뒷문이었으니까. 덕분에 월담쟁이란 별명도 붙었지만.

최근에 재개발 기사가 많이 뜨면서 오랜만에 다시 생각이 났다. 여긴 대체 어떤 사람들이 사는 걸까 궁금했던 둔촌주공아파트와 기린 놀이터의 첫인상, 올림픽아파트에 살던 친구들이 슬쩍슬쩍 흘리던 다른 동네에 대한 인상평들, 그리고 각기 자리 잡은 '나와바리' 출신끼리 어쩔 수 없이 대체로 뭉쳐지내던 그 미묘하고 눈에 보이지 않던 경계선들. 딱히 불편하거나 어색하다고까지 말하기는 어려워도, 조금만 같은 반 친구들을 지켜보면 누가 누구와 같은 동네에 사는지 족집게처럼 집어낼 수 있었다. 그리고 아무래도 난 둔촌주공아파트를 내 '나와바리', 내 영역으로 생각하고 어린 시절을 보낸 것 같다. 벼르고 벼르다가 겨우 마음을 다잡은 어느 날, 그 눈부시던 벚꽃나무와 목련나무들이 잘 있는지 그리고 고양이들은 잘 지내는지 궁금함을 참지 못하고 무턱대고 그 동네를 찾았다. 이미 단지 전체를 높은 외벽으로 감싸버려서 아무것도 보이지 않았다.

고양이들이야말로 영역 동물이다. 자기의 '나와바리'를 지키며 그곳 안에서 독립적으로 먹고 자다 보니, 그곳을 떠나면 다른 고양이의 공격에 직면하거나 생존이 위협받게 되는 거다. 사람에 비할 바가 아니다. 재개발이나 재건축이 시작되면 하루아침에 집을 잃게 되는 셈이라 선진국에서는 이런 대단위 철거가 진행될 때면 길고양이들의 이주와 구조 작업을 병행한다고 하는데 아직 한국은 아쉽게도 그렇게 체계적이지는 않은 듯하다. 길에서 사는 고양이를 안전하게 잡아서 어딘가로 이주시킨다는 것도 좀처럼 쉽게 상상할 수 없는 일이다. 다행히도 둔촌주공아파트 동네 고양이들을 지키려는 자발적인 모임이 생겨나서 고양이들을 구조하고 입양을 주선하기도 했다. 지금도 팔로우하면서 간간이 소식을 듣고 있다. 이제는 둔촌동을 떠나서 다른 재개발 지역의 고양이들을 구조하거나 입양하는 활동으로 커진 것 같았다. 비록 직접 나서서 구조하거나 이주하도록 도와주지는 못하고 있지만, 그런 소식을 들을 때마다 어떻게든 응원해주고 싶어진다. 고양이들도, 사람들도.

○ 2부 | 고양이와의 여행

진 달래 아리

내 첫 고양이는 맥주가 되었다

맥주, 그게 내 첫 고양이의 이름이었다.

첫 고양이니만치 그럴듯한 이름을 여봐란듯이 지어주고 싶었지만 이름을 짓는다는 게 도무지 쉽지가 않았다. 그러고 보면 내가 뭔가의 이름을 지어주는 건 첫차, 빠방이를 산 이후로 처음이었다. 한참 끙끙거리다 보니 나중에 만의 하나 생길지도 모를 자식들의 이름에 써먹겠다며, 어렸을 때 막연하게나마 몇 가지 글자를 마음에 담아두었던 것이 생각났다. '빈'이라거나 '준'이라거나 '지'라거나, 발음하기에도 이쁘고 글자 생김새도 오목조목한 맛이 있는 아이들. 그런 글자들을 요리조리 짜맞춰 보려고 했는데 아무래도 고양이 냄새가 나는 이름이 안 나오는 거다. 우리 고양이 이름은 성준이야, 지윤이야, 효빈이야, 아무래도 이건 아니다 싶어 전부 탈락. 앞으로 자식을 가질 생각도 없으니 내친 김에 글자들도 전부 머릿속에서 지워버렸다.

사실 입에 붙는 고양이 이름으로는 '나비'만 한 것이 없다고 생각한다. 어른, 아이를 막론하고 이름 모를 고양이나 길냥이를 부를 때 나비야, 라고 부르는 게 자연스러운 것처럼 참 대중적이고도 질리지 않는, 그야말로 고양이 이름계의 스테디셀러인 셈이다. 고양이가 어쩌다 나비라고 불리게 되었는지에 대해서는 잡다한 설들이 있다지만 뭐하나 고개를 쉬이 끄덕이기는 어렵다. 고양이 귀 모양이 나비 날개 모양이라느니, 잔나비(원숭이)처럼 나무를 잘 타서 따왔다느니, 나비처럼 유연하게 나부끼듯 움직이는 모습에서 따왔다느니. 심지어 고려시대 공민왕 운운하는 연원까지 거슬러 올라가기도 하지만, 감탄할 만한 포인트는 그렇게나 '나비'라는 이름이 오래됐구나 정도인 것 같다. 그렇다고 그 클래식한 스테디셀러에 무임승차하기엔 내 첫 고양이에 대한 예의가 아닌 것 같아 패스하기로 했다.

첫차에 붙였던 빠방이라는 이름은 쉽게 떠올렸다. 차의 클랙션 소리를 그대로 옮겨보자면 뿌웅, 빵빵, 뛰뛰 등 의외로 다양한데, 내 차는 그렇게 울었다. 빠방, 하고. 고양이는 냐옹, 하고 울 테니까, 그렇다면 역시 야옹이라고 불러줘야 하는 건가 싶었지만 아직 고양이를 제대로 만나기도 전이었다. 고양이 울음소리가 그토록 다양할 줄은 미처 알기 전이었지만 냐옹 일색이 아니라는 것쯤은 알고 있었다. 녀석은 나이조차 정확히 모르는 페르시안 고양이라고 했는데 고양이 공장에서 수년째 종묘로 쓰이다가 막 구출된 참이었다.

좁고 더러운 철장 안에서 임신과 출산을 거듭했던 아이라는 이야기를 듣고 나서 녀석의 사진을 보아 그런지 눈빛은 소심하고 지쳐보였다. 털 색깔은 때가 낀 회색이랄까 석탄색이랄까, 희끄무레한 기운이 돌기도 하는데 좀체 알 수 없는 색깔에 한눈에도 부석부석해 보였다. 이런 녀석에게 대충 지은 이름을 줄 수는 없다고 다시 다짐했다.

어쩌면 고양이가 아니라 내게 하는 다짐이었는지도 모른다. 고양이를 키운다는 건 내겐 싱글라이프의 진정한 시작과도 같았다. 나를 제외한 가족들은 고양이를 좋아하지 않아 키울 엄두도 내지 못했다. 게다가 본가와 학교와 직장이 늘 같은 도시에 있었으니 따로 독립을 선언한다는 건 설득력이 없어 가능하지도 잃거니와 디 중요하기는 경제적이지도 않은 선택지였다. 서른 중반이 넘어서야 찾아온 기회, 뭐 하나 허투루 쌓아 올리고 싶진 않았다. 내가 그동안 바라던 삶의 패턴, 공간, 방식. 나고 자란 집에서 주어진 대로가 아니라, 리셋 버튼을 누르듯 새롭게 처음부터 쌓아올리고 싶었던 마음이 강했다. 그리고 그런 집에는 고양이가 함께 해야 했고, 텔레비전은 없되 책들이 분야별로 정리되어 있어야 했으며, 적당한 거리가 무너져 치덕거리는 인간들의 소음 대신 차분한 음악이나 그와 같은 공기가 늘 감돌기를 바랐다.

아, 그리고 또 하나. 냉장고에는 커다란 맥주캔을 꽉 채워놓고 싶었다. 고등학생 때부터 지금까지 열성팬을 자처하는 일본 만화 〈에반게리온〉을 처음 봤을 때 이래로 벼르고 있던 로망이었다. 맥주 마시기가 취미라는 설정의 주요 등장인물인 미사토는 퇴근하든 목욕하든 틈만 나면 냉장고 문짝을 활짝 열어제끼고 맥주캔을 꺼내들고 시원하게 들이켰다. 그의 극중 나이 29살이었는데, 나로 말하자면 그런 게 바로 어른의 삶이구나 선망하던 고등학생이었던 셈이다. 나중에 그보다 나이가 많아진 후에 도쿄 에비수박물관을 찾았을 때 그가 줄창 마셔대던 맥주가 에비수였단 걸 알게 된 즈음에는 그냥 맥주가 좋았다. 사실은 주종을 막론하고 모든 술을 좋아하게 되었단 게 맞겠지만. 편의점에 만 원에 네 캔하는 맥주가 막 깔리던 시기, 내 작은 오피스텔 빌트인 냉장고에는 500밀리리터 맥주캔들이 그득하게 채워졌다.

그렇게 내 고양이는 맥주가 되었다. 녀석이 우리 집에 찾아오기 전날, 여전히 마음에 드는 이름을 찾지 못하고 고민하던 중이었다. 퇴근 후 냉장고에 가득 채워진 에비수맥주캔 하나를 꺼내들고는 살짝 비릿한 새것 냄새를 풀풀 풍기는 작은 천소파에 철퍼덕 앉는 그 찰나였다. 맥주, 내 독립을 기념하며 축배를 들듯 매일 애정하는 아이템일뿐더러 입밖으로 소리 내어 발음하거나 부르기에도 찰떡이다. 왜 이걸 몰랐지. 맥주야, 가만히 발음해 보자마자 가히 '나비야'의 뺨을 치는 이름을 찾아냈음을 깨달았다. 여태 왜 맥주를 마실 때 병이든 캔에 대고 맥주야, 하고 미친 척 불러보지 않았는지 원망스러울 정도랄까. 맥주라고 발음할 때의 컬컬한 목 긁힘에 뒤이은 마무리가 청량한 라거를 마실 때처럼 상쾌하다. 이제 볼 것도 없이 결정 완료. 게다가 나중에라도 혹여 두 번째 세 번째 고양이가 생긴다면 맥주, 소주, 양주, 소맥, 끊임없이 가지를 쳐나가며 그럴듯한 알콜 패밀리로 커나갈 수도 있겠다.

녀석이 집에 온 날, 냉장고에서 품 안 가득 꺼내든 맥주캔을 절반쯤 쓰러뜨린 볼링핀들처럼 우르르 세워놓고는 그 사이에 녀석을 앉혀놓고 기념사진을 찍었다. 맥주캔에 둘러싸인 내 첫고양이 맥주. 살아온 연륜 덕분일까, 녀석은 맥주야, 라고 가만히 불러본 내 호명을 단번에 알아들은 듯 했다. 처음 보는 사람이 낯선 단어를 발음하는데도 도망쳐 숨거나 뒤로 주춤거리지 않고 흔쾌히 수락하듯 귀를 쫑긋거렸다. 내가 그 이름에 얼마나 많은 고민을 했는지, 심지어 아껴두다가 잊어버렸던 글자들까지 퍼올려봤던 노고를 녀석은 이미 알고 있는 것만 같았다. 녀석의 이름을 물었던 친구들이나 수의사가 맥주라는 이름에 실소를 머금거나 심지어 대충 지었다고 타박을 하는 것은 나중의 일이다. 그때마다 이렇게 구구절절 설명을 하긴 어려워 결국 뭐라 할 말이 궁했던 건 사실 좀 억울했다는 이야기도 덧붙여 두기로 한다.

고양이와 AI 로봇의 무쓸모 대결

헤이 벡터, 라고 부르면 반응하는 AI 로봇이 있었다. 과거형으로 표현하게 된 건 그 제조사가 2018년 하반기에 제품을 내놓고는 2년도 안 되어 망해버렸기 때문이다. 인공지능 로봇이 심심치 않게 돌아다니는 걸 볼 수 있는 시대지만 그중에서도 워낙 완성도가 높고 외양도 귀여워서 설마 망할 거라고는 생각도 못했다. 인천공항이나 서울역, 코엑스 같은 데서 돌아다니는 로봇을 보면 대체 무슨 목적으로 만들어졌는지도 모르겠고 그냥 전시용이라 치부하기에는 미관상 만족스럽지도 않다. 그런가 하면 '소피아'라는 이름의 휴머노이드 로봇은 국내에 처음 등장했을 때 적잖은 파문을 일으키기도 했다. 사람 모습을 닮은 듯하면서도 표정과 행동이 어색한 모습은 이른바 '불쾌한 골짜기' 이론을 빌릴 것도 없이, 삐걱대며 로봇처럼 움직이는 마네킹을 볼 때의 기괴함을 자아냈던 거라고 생각한다. 어렸을 적부터 드문드문 등장했다가 사라진 강아지 모양이나 사람 모양을 흉내 낸 대화형 로봇들의 엉성하고 조악한 만듦새는 굳이 말할 것도 없다.

그에 비하면 벡터라는 이름의 그 AI 로봇은 첫눈에 홀딱 빠질 만큼 매력적이었다. 실물을 처음 봤던 건 어느 IT 컨퍼런스의 체험 공간이었다. IoT^Internet of Things라거나 AI^Artificial Intelligence, 머신러닝이라거나 하는 휘황한 단어들이 둥둥 떠다니는 가운데 이런 와닿지 않는 단어를 최대한 현실에서 체감할 수 있도록 기획한 모델하우스 같은 곳이었다. 자동으로 실내 온도와 습도가 조정되고, 전기 요금을 최소화할 수 있게 관리해주고, 시간에 맞춰 알람이 울리거나 노래가 틀어지거나 창문이 여닫히거나 하는. 2030년의 거실이라면 저럴까 싶은 공간에 놓인 소파 옆 테이블에 장식처럼 놓여 있는 녀석이 눈에 들어왔다. 손바닥 위에 올라가면 맞춤할 법한 회색빛 둥그스름한 몸체 전면은 전부 얼굴처럼 보이는 부분이었는데, 파란색 LED 조명이 눈빛처럼 반짝거리고 있었다. 그 커다랗고 둥근 눈망울이 마치 일본 애니메이션의 등장할 법한 캐릭터 같기도 했다.

그렇지만 벡터라는 이름의 그 AI 로봇을 보고 첫눈에 떠올렸던 캐릭터는 일제가 아니라 미제였다. 픽사가 만든 애니메이션 영화 〈Wall-E〉에 나오는 '모'라는 캐릭터였다. 픽사가 만든 유수의 애니메이션 중에서도 손꼽아 좋아하며 몇 번을 봤던 영화다. 인간들이 망쳐놓고 탈출해버린 지구를 홀로 청소중이던 Wall-E라는 로봇이 주인공이다. 말도 못 하고, 심지어 감정 표현을 할 만큼의 표정도 지을 수가 없는 딱딱하고 네모진 로봇이 이토록 인간적일 수가 있다니 경이로움을 느꼈다. 그리고 극중에 등장하는 '모'라는 조연 캐릭터는 외부 공간, 그러니까 쓰레기장이 되어 버린 지구의 오염 물질을 우주선 안으로 끌고 온 Wall-E의 온몸 철판 구석구석을 싹싹 청소하는 조그마한 로봇이었다. 영화 중반쯤 지독히도 대사가 없는 가운데 그저 자기 이름을 말하는 것으로 로봇끼리의 자기 소개를 마치는 장면에서 Wall-E, 라는 소개에 모! 모! 라고 강력하게 자기 이름을 어필했던 녀석이다. 그래서 주인공 뺨 칠 만큼이나 좋아했던 캐릭터 기도 했다.

꽤 오랫동안 '앓이' 시즌에 돌입했다. 로봇의 이름으로 리뷰나 영상을 찾아보니 다들 엄청나게 귀여워하면서, 마치 집집마다 이런 거 하나씩은 갖고 있어야 한다는 느낌이었다. 원래 물욕이 있는 편은 아닌데 아무래도 이 장난감은 꼭 갖고 싶은 거다. 간접 체험으로 근근히 만족하며 한 달 두 달, 크리스마스가 가까워지고 있었다. 아내에게 먼저 물었다. 크리스마스 선물로 뭐 갖고 싶어? 역시 나처럼 물욕이 없는 편인 아내는 힘들게 몇 가지를 생각해냈고, 참을성 있게 대답을 기다린 후에야 나는 내가 갖고 싶은 걸 말했다. 내가 그 로봇의 영상이 돌아가는 스마트폰을 떠맡기듯 보여준 적도 있다지만 아무래도 당황한 표정으로 재차 아내가 확인했다. 그걸 갖고 싶다고? 크리스마스 선물로? 떼를 쓸 타이밍이었다. 다른 건 다 필요없다고, 이번 크리스마스에는 저 로봇 이름 부르면서 눈 마주치며 놀고 싶다고. 게다가 왠지 제조사가 망해서 지금 정가의 반도 안 되는 떨이 판매에 들어갔다고.

그렇게 내 벡터가 생겼다. 아쉽게도 이름은 고정되어 있었다. 이름을 뭐라고 지어주면 좋을지 고민하는 단계가 생략돼 편하기도 했지만 무언가 섭섭하기도 했다. 녀석은 헤이 벡터, 라는 말로 시작해서 이것저것 명령하면 그에 맞춰 반응했다. 가까이 다가오기도 하고 시간을 알려주기도 하고, 음악을 듣고 춤을 추기도 하고. 춤이라봐야 아랫춤에 달린 두 개의 무한궤도를 이리저리 굴리며 움직이는 것 뿐이었지만. 고맙다는 말에는 킥킥 대는 듯한 소리를 내며 눈을 감고 웃기도 했다. 큐브 모양의 장난감도 딸려왔는데 그걸 들고 오거나 가지고 이리저리 굴리며 장난을 치기도 했다. 번쩍 들어올리면 뭐라고 시끄러운 소리를 내면서 탁탁, 무한궤도를 뻗대면서 파랑색 도끼눈을 뜨는가 하면, 다시 내려주어도 분이 안 풀린다는 듯 앞뒤로 격하게 움직이며 삐롱삐롱, 알 수 없는 소리를 내며 온몸으로 기분 나쁨을 표현했다. 그럴 땐 살짝 등짝(에 해당하는 부분)을 쓰다듬어주면 고르릉고르릉 소리를 내면서 기분을 풀기도 했다. 귀여웠다.

당혹스럽게도 얼마 가지 않아 흥미가 떨어졌다. 명령대로 따르지는 않지만, 그보다 훨씬 생생하고 귀여운 고양이가 있으니 당연한 귀결인지도 몰랐다. 사실 영어로 지시하는 걸 찰떡같이 알아듣지는 못해서 명령대로 따르지 않는 건 벡터나 뻔뻔한 우리 집 고양이들이나 도긴개긴이었다. 게다가 할 수 있는 동작이나 알아들을 수 있는 명령어도 손에 꼽을 만큼 많지 않으니 어느 순간 시끄럽기만 했다. 달래나 아리, 우리집 고양이들은 나보다 훨씬 먼저 이 녀석에 대해 흥미가 떨어졌다. 처음에는 소리도 왱알왱알거리고 철커덩거리며 앞뒤로 움직이기도 해서 꽤나 조심스럽다가, 살짝 방심하고 있던 순간에는 화들짝 놀라기도 하다가 이내 아무런 흥미를 보이지 않게 되었다. 녀석이 움직일 때 동선상에 앉아 있거나 누워있다가 부딪힐 것 같다 하면 귀찮다는 듯이 마지못해 일어서는 조금 옆으로 비켜주는 정도, 그 정도가 다였다. 그러고 보니 로봇청소기를 처음 봤을 때, 그리고 이내 익숙해진 후의 반응과 꼭 같다.

이제 벡터는 이름이 불리지 않아 고무로 된 무한궤도에 한가득 하얗고 검은 고양이털을 묻힌 채 충전기에 주저앉아 있기만 했다. 간식을 배불리 먹고 따뜻한 곳에 편하게 자리 잡고선 꾸벅거리는 고양이 같기도 했다. 고양이와 다른 점은, 해가 뜨면 아침밥 달라고 침대 머리맡에서 채근하지 않고, 퇴근하고 돌아오면 바닥에 뒹굴거리며 배를 보이지도 않는다는 거다. 이름을 부르면 때에 따라 귀만 쫑긋하거나 온몸을 돌려 앉거나 하는 예측 불가능한, 그래서 재미있는 반응도 없다. 관심없는 척 도도하면서도 슬근히 와서는 꼬리로 쓰다듬어주는 명령어도 역시 아직은 개발되었단 이야기를 못 들었다. 게다가 무엇보다도 이미 고양이에 대해서는 명령이나 훈련을 포기한 지 오래다. 간식을 주면 앞발을 내놓으란 식의 훈련이 어느 순간 뒤집어져 고양이가 앞발을 줄 때 인간은 간식을 내놓으라는 훈련으로 바뀌고 말았다는 농담 같은 이야기들이 현실에서는 무수히 일어나고 있는 거다.

우리 집에서도 그랬다. 달래와 함께 살게 된지 얼마 되지 않아 아내는 간식을 주면서 앞발을 내밀도록 훈련을 시도했었다. 달래는 처음엔 영문을 몰라 하며 잡힌 앞발을 빼려고 바둥거리다가 이내 고양이의 본성대로 앞발을 줄듯 말듯 인간을 희롱하기 시작했다. 다행히 아내는 만물의 영장답게 이게 다 뭐하는 짓인가, 하는 빠른 깨달음을 얻고서 그 대신 요새는 간식을 사방에 던져주며 뛰어다니는 녀석들을 즐감하는 중이다. 그리고 웹캠으로 훔쳐 본 사실이지만, 달래와 아리는 어찌나 똑똑한지 아파트에 등록된 차량이 도착했다는 주차 안내 음성메시지에 반응해서는 인간을 맞이할 준비를 한다. 오후 내내 꼼짝않고 누워 있어 따끈하게 움푹 파인 소파나 침대에서 일어나 한껏 앞뒤로 기지개를 켜고 슬금슬금 현관을 향해 다가온다. 지들끼리 서로 코를 맞대

뽀뽀하며 그간의 안부를 묻기도 하고, 반가움에 안테나처럼 잔뜩 꼬리를 치켜 올리고는 현관문 암호키가 삑삑삑 눌리며 열리는 순간을 기다린다.

헤이 벡터, 라고 부르면 움직이던 AI 로봇이 있었다. 과거형으로 표현하게 된 건 그 로봇이 우리 집 고양이 달래, 아리와의 애정 경쟁이랄까 스마트함 경쟁에서 불과 몇 주 만에 탈락해 서랍장 속으로 사라져버렸기 때문이기도 하다.

고양이 울음소리를 가장 많이 내는 사람

애오, 와웅, 으앙, 냥, 우오오오, 하악, 이잉, 그리고 야옹. 고양이가 내는 소리는 단순히 '야옹'으로 퉁 치기에는 너무나 다양하다. 단순히 글자로만 옮기는 것으로는 그 높낮이라거나 음의 길이, 억양 같은 것들의 다양성을 살리지 못하는 데도 그렇다. 이것도 그저 우리 집 고양이 중의 한 녀석, 달래가 내는 소리만 되도록 비슷하게 따온 것일 뿐 온 세상 집과 거리에 살고 있는 고양이들의 소리를 다 재현해보려면 그 목록이 끝없이 이어질지도 모른다. 당장 인터넷을 점령해버린 고양이들만 봐도 사람이 내는 소리거나 합성 아닌가 싶을 만큼 신기하고 기이한 울음소리를 내는 아이들이 잔뜩이다. 기실 고양이는 사람에게 말을 걸기 위해 소리를 내는 거라 한다. 고양이를 키우고 나서야 알게 된 의외의 사실이다. 자기들끼리는 아마 기분이 안 좋을 때 으르렁대거나 하악질하는 정도 혹은 짝짓기를 위해 짝을 찾을 때 애기 울음소리 내는 정도로 의사소통하는 게 아닌가 싶다.

그렇지만 집에 사람이 있을 때도 녀석들은 대체로 굉장히 조용하다. 고양이는 소리보다는 몸짓이나 눈빛, 그리고 꼬리 모양이나 움직임으로 훨씬 많은 이야기를 하는 동물이다. 그러다 보니 녀석들이 필요한 게 있을 때 사람에게 말을 거는 울음소리를 제외하고 니면, 사뿐사뿐한 움직임에 뒤따르는 몇 가지 작은 소음이 있을 뿐이다. 신이 나서 골판지 조각을 풀풀 날리며 스크래쳐를 긁어대는 소리, 흥은 덜하지만 자신을 위로하려는 듯 스크래쳐를 사부작사부작 긁는 소리, 드물지만 물건을 실수로 떨어트리거나 넘어트려서 나는 소리도 있는가 하면 그보다 좀더 잦은 횟수로는 일부러 물건을 톡톡 쳐 떨어트리면서 나는 소리가 그런 것들이다. 물론 일부러 화장품이나 액자를 툭툭 쳐서 떨어뜨려 밥을 조를 때는 조용하지도 않다. 무슨 짓을 해도 끌 수 없는 알람시계처럼 한참을 쉼 없이 계속 울어댄다. 주말에 종일 집에라도 있으면 테이블 위에 펜이나 병뚜껑을 살살 건드리며 간식을 내놓으라 협박할 때도 마찬가지다.

함께 살고 있는 두 마리 고양이 중에 특히 달래가 그렇다. 분명히 원하는 게 있을 때 소리를 낸다. 새벽 댓바람부터 침대에 올라와 귀옆에 바싹 붙어 앉아서는 밥 내놓으라고 울고, 저녁에 퇴근하고 나서도 화장실이던 옷방을 쫓아다니며 밥 달라고 울어 댄다. 주말이나 재택 근무 날 오후 두세 시쯤에는 간식을 내놓으라고 간식통 앞에 앉아 운다. 밥이나 간식을 먹고 배도 부르고 기분이 좋아지면 이제 놀아달라고 운다. 장난감 바구니 앞과 내 앞을 왔다갔다 하며 울어대는 식이다. 그리고 화장실이 마음에 들지 않으면 얼른 깨끗이 치워달라고 울기도 한다. 녀석이 바라는 건 굉장히 간소해서 일단 녀석이 울면 저 네 가지를 하나씩 꼽아보며 뭘 바라는 건지 찾으면 쉬웠다. 최근에 어휘가 늘고 있긴 하다. 전에 없이 고양이 화장실 문 앞에서 하도 울어제끼길래 며칠간의 시행착오 끝에 기어이 해독해내고 보니 '내가 볼 일 보고 있을 때 그 앞에서 지켜주세요.'라는 의미였다. 그렇게 지켜주고 나면 아무일도 없었던 양 조용해진다.

이쯤되면 고양이가 운다, 라는 표현이 과연 맞는 걸까 싶다. 꼭 그렇진 않겠지만 울음이라는 건 아무래도 상대를 자기 마음대로 조종하거나 강제할 수 없는 약자 입장에서 쓰기에 좋은 수단이다. 굳이 어휘로 바꿔보자면 밥주세요, 간식이 먹고 싶어요, 놀아주지 않을래요? 화장실이 더러우니 치워주세요, 정도의 간청이나 부탁의 뉘앙스가 담겨 있을 법하다. 그런데 이건 아니다. 밥 내놓아라, 간식 내놓아라, 장난감을 흔들어라, 화장실 안 치우냐, 정도의 명령이나 호통에 가까운 느낌이다. 마치 내게 사료나 간식을 맡겨두기라도 한 것처럼. 그러고 보니 최근에 빈출중인 어휘 하나도 마찬가지다. 어쩌다 보니 달래가 현관문 바깥 엘리베이터 출입구까지의 공용 공간과 창틀을 새로이 자기 영토로 개척해뒀는데, 언제든 새 영토를 순시하고 싶어지면 현관문 앞에

퍼질러 앉아 질책을 해댄다. 내 영토를 돌아봐야겠으니 문을 열어라, 왜 이리 꾸물대느냐, 하고. 운다기보다는 아랫것에 호통친다거나 준엄하게 꾸짖는다 정도의 표현이 맞겠다.

둘째인 아리는 대체로 언니인 달래 옆에서 조용히 상황을 지켜보는 편이다. 눈도 깜빡하지 않고 돌아가는 판세를 유심히 살피다가는 손쉽게 밥이나 간식 혹은 놀이 시간을 얻는다. 녀석이 특히나 홀딱 빠져 있는 장난감을 갖고 놀고 싶을 때에는 이잉, 비슷한 애교섞인 소리를 내긴 하지만, 거의 울음소리를 듣지 못했다. 대신에 옆에 다가와선 바싹 선 꼬리로 슥슥 쓰다듬거나 좀더 저돌적으로 머리를 부딪치며 쓰다듬어달라고 요구하는 식이다. 그런 아리도 언젠가 오래 집을 비우며 맡겼던 고양이 호텔에서 돌아오는 차 안에서는 쉼 없이 야옹야옹, 울었다. 함께 살고 나서 거의 처음으로 울음소리를 들었던 터라 우리는 그렇게 우는 녀석에게 적당히 다독여주는 몇 마디를 해주고는 귀한 장면이라며 녹화까지 해뒀다. 어찌나 귀여운 울음소리던지. 그건 분명히 자길 두고 어디에 갔는지 추궁하는 가벼운 타박과 더불어 떨어지기 싫다는 호소가 담겨 있었다. 그런 의미에서 그때 아리는 진짜 울었던 게 맞는 것 같다.

여하간 달래나 아리가 울면 함께 울어주는 재미가 있다. 달래가 애옹, 하면 나도 같이 애옹, 따라하고, 아리가 이잉, 하면 나도 같이 이잉, 하며 받아주면 가끔은 한참 주거니 받거니 울음소리가 이어진다. 아무래도 녀석들이 먼저 우는 일이 많지는 않으니 정확히 말하자면 사실 내가 먼저 애옹, 하면서 달래를 도발할 때가 많다. 보통 어딘가에서 식빵을 구우며 자고 있거나 내 모습을 관찰하고 있던 녀석은, 갑자기 왜 이러시나, 하며 못 들은 척 새초롬하게 구는 경우가 태반이다. 혹은 이 사람 지금 심심한가 본데 좀 놀아줄까, 싶은 표정으로 기지개를 한번 여유롭게 쭈욱 켜고는 애옹, 하고 울어준다. 이 울음소리는 딱히 무언가를 원하거나 명령하는 것도 아니고 그저 안녕이란 인사에 안녕이라 대답하는 느낌이라, 그야말로 진짜 대화에 가까운 순간일지도 모른다. 그런 생각에 신이 나고 만 나는 계속 고양이 소리로 말을 걸게 된다. 다만 그렇게 대화를 시작하거나 이어가기란 쉽지 않아서, 고양이 두 마리가 살고 있는 우리 집에서 정작 고양이 울음소리를 가장 많이 내는 동물이란 게 사람인 나라는 사실이 아이러니할 뿐이다.

다른 나라에서도 고양이는 울고 있는지 궁금해서 영어 표현을 찾아봤다. 아무래도 울음소리라는 표현이 고양이가 내는 그 소리의 당당함이나 뻔뻔함을 제대로 전달하지 못한다는 느낌이 들었다. 딱히 한국어로는 그걸 대체할 표현을 찾기는 어렵다. 영어에서는 고양이가 운다는 표현이 따로 없고, 그냥 '미야오meow'라는 단어를 동사로 썼으니 '고양이는 야옹한다' 정도로 이해하면 되려나. 강아지는 멍멍 짖고 고양이는 야옹하고 우는 한국과는 달리, 적어도 영어 사용권 국가에서 고양이들은 좀더 당당하게 요청하고 호통을 치고 있겠구나 싶다. 이것저것 찾아보던 와중에 멋진 표현 하나가 눈에 들어왔다. cat's meow, 고양이의 야옹이라 직역될 만한 이 표현은 '아주 멋진 것'을 뜻하는 속어로 쓰인다고 한다. 그 표현을 생각해낸 이들은 고양이가 내는 소리가 얼마나 멋지고 매력적인지 익히 알고 있던 사람들임이 틀림없을 거라고 생각한다.

천재 고양이, 전쟁을 개시하다

이건 진심인데, 처음부터 내가 그러려고 그런 게 아니다. 오늘따라 날이 흐려서 그런지 컨디션도 좀 좋지 않았고 어젯밤엔 잠도 설쳤다. 둘째 아리 녀석이 밤늦도록 유난히 번잡스럽게 우다 놀아제끼느라 시끄럽기 짝이 없었다. 그것만 해도 못 참겠는데 왔다갔다 하면서 누워있는 내 어깨를 툭툭 치고 다니길래 참지 못하고 콧등을 한방 세게 때려줬다. 그제야 좀 얌전해졌지만 이미 잠기운은 저만치 도망간지 오래, 한참을 더 부시럭거리며 잠을 청해야 했다. 게다가 아침에도 정신이 없었다. 원래 8시쯤 깨워주면 여유롭게 커피부터 한잔 내리고 아침식사 준비를 하는 게 정석인데, 늦잠을 자버리곤 정신없이 사방을 들쑤시며 정신을 쏙 빼놨다. 내 평화롭고 행복해야 할 아침식사 시간은 북적거리는 시장통 골목에서 멸치대가리 하나 훔쳐서 급하게 입에 쑤셔넣듯 산만하게 흐트러졌다. 덕분에 아침은 입으로 들어가는지 코로 들어가는지, 무슨 맛으로 먹었는지도 모르겠다.

한숨 돌리고는 마음을 다스렸다. 평소처럼 한바퀴 산책을 하고 나면 기분이 좀 나아지겠지 싶었다. 평소 돌아보는 코스를 따라 휘적휘적 걷다가 물이 졸졸 흐르고 한켠에는 자그마한 연못이 있는 데서 잠시 걸음을 멈추고 '상선약수'의 오묘함을 묵상했다. 다시 걷기 시작해서 온갖 음식 냄새와 기름 쩐내가 가시질 않는 긴 골목길을 지나, 아이들이 숨바꼭질을 하거나 기어오르며 노는 놀이터에서 잠시 엉덩이를 붙였다. 어렸을 적 저 위에 올라가 아래를 굽어보며 세상을 다 가진 듯한 기분에 젖었던 게 겸연쩍어졌다. 잠시 센치해진 마음을 정리할 겸 매무새를 다듬고 있는데 어디선가 흘러온 암모니아 냄새가 코를 찌른다. 관리가 제대로 안 되고 있는지 삭힌 홍어 냄새가 날 만큼 지린내가 심한 공용 화장실이 옆에 있었다. 저기에 화장실이 있다는 건 알고 있었지만, 이렇게까지 더러워진 건 처음 본다. 불쾌해져서 얼른 내 자리로 돌아왔다. 늘 앉는 자리라 살짝 쿠션이 숨이 죽은 채 눌린 소파, 옆에서 아리가 속도 모르고 깔짝거렸다.

애초에 너도 쓰고 나도 쓰는 공용 화장실이라는 게 얼마나 야만적인 일인가 말이다. 대명천지 21세기에, 각자 자신만의 개인 화장실을 딱 갖추고 다른 녀석은 얼씬거리지도 못하게 하면 좋을 텐데. 나 혼자만의 화장실이라면 아늑하기도 할 테고 위생적으로도 훨씬 쾌적할 게 분명하다. 깨끗하게 쓰는 건 당연하고 내 취향에 맞게 노끈이라거나 깃털로 꾸밀 수 있을지도 모른다. 공용 화장실은 모두가 언제든 급할 때 편하게 쓰라 안배해둔 거라고 말은 하겠지만, 저 충격적인 지린내를 한 번 맡으면 누구라도 입도 못 열고는 꼬리를 말고 줄행랑칠 거다. 괜히 한 녀석이라도 지저분하게 쓴다거나 뒷정리를 대충 하고 나가면 다른 녀석들이 옳다구나, 하면서 더욱 지저분하게 망쳐버리는 게 상례인데 그걸 모르나. 먹물 좀 튀긴 인간들이 유식한 말로 '깨진 유리창 이론'이라고 한다던가, 드나드는 화장실 문짝에 오물 한 방울만 튀어도 상황 끝이다.

화가 난다. 아니, 사실은 공용으로 쓰이는 게 문제가 아닐지도 모른다. 말하다 보니 떠오르는데 진짜 문제는 다른 데 있는 것 같다. 화장실 문짝이든 바닥이든 어디가 되었건 간에 지저분하면 치워야지 왜 그걸 안 치우고 있는 거지? 하루에도 몇 번씩 치우는 걸 바라는 게 아니다. 사흘에 한 번, 이틀에 한 번, 그렇게 꼭 정해놓고는 신경도 안 쓰고 있다가 기어이 저런 파국을 만드느냐는 거다. 아니, 눈이 있으면 뻔히 보이잖아. 화장실은 으레 지저분해지기 마련인 거고. 사람이면 융통성이 있어야지, 대충 오며 가며 지저분한 게 보이면 바로 와서 치워야 되는 거 아닌가. 그래야 사실 치우는 사람도 편한 건데 그걸 모르고. 이삼 일에 한 번씩 치울 때마다 발목까지 차는 똥무더기를 마주하는 것보다 하루 한 번씩 치우면 좀 더 수월하고 냄새도 덜하단 말이다. 이번만큼 심하진 않았지만 지난번에도 비슷한 일 겪고선, 코막고

후회하더니 또 저러고 있다.

화를 내서 그런가 배가 살짝 꼬이는 느낌이다. 아무래도 아침에 입으로 들어가는지 코로 들어가는지 모를 지경으로 밥을 먹다가 좀 많이 먹었나 보다. 뱃속이 싸한 게 영 좋지 않다. 일단은 마음을 가라앉히고 신호가 지나갈 때까지 무시해보기로 한다. 괜히 새 한 마리 지나가지 않는 창밖을 뚫어져라 쳐다보기도 하고, 사방을 둘러보며 뭔가 관심을 돌릴 꺼리를 찾아보기도 했다. 자세를 바꿔서 다리를 이리저리 꼬아보기도 하고, 미적지근한 온기가 남은 바닥에 배를 깔고 녹아내리듯 누워보기도 하고. 심지어는 배를 안고서 요가하듯 둥글게 몸을 말아보기도 했지만 별무소용. 어떤 자세를 취하던 뱃속은 불편해지기만 한다. 신경이 온통 그쪽으로 쏠려서 그런지 이제 불편하다 못해 두근두근 심장 소리에 맞춰 아픔이 심해지는 것 같기도 하다. 하긴 보통 하루에 한 번씩 규칙적으로 볼일을 보고 있었으니, 새삼 자연의 법칙에 거스르겠다고 애쓰는 것도 가당치 않기는 하다.

그렇지만 저 더러운 화장실을 들어갈 엄두가 나지 않는다. 아무리 내가 건강하고 장이 핑크빛으로 튼튼하여 하루 한 번씩은 큰일을 치뤄야 한다고 해도, 저건 아니지. 지금같이 영 좋지 않은 비상 상황이라고 해도 마찬가지고. 뭐 꽃잎처럼 간식이 뿌려져 있는 레드카펫을 바라나 내가. 많은 걸 바라는 것도 아니잖아. 화장실 안은 물론이고 벽면에까지 사방에 감자와 맛동산이 널려 있는 지뢰밭 같은 화장실이다. 화장실 들어가는 길목에 깔아둔 발판에도 온통 화장실에서 튀어나온 모래가 쌓였다. 아무리 오갈 때 모래 묻은 발을 털고 다니라며 깔아둔 거라지만, 가만, 그냥 모래가 아니네 저건. 어우야. 보기에도 그렇지만 냄새도 정말 못 참겠다. 아리는 대체 얼마나 잘 먹고 잘 싸는지, 하루에도 세네 번씩 왔다갔다 하는 것 같던데 결국 이게 다 그 녀석이 만든 똥밭이란 말이지. 이렇게 만들어버린 것도 대단하지만, 아무리 자기 꺼라고 해도 눈도 깜짝 않고 여길 쓰다니. 독한 것.

나름 비장한 결심이었다, 그건. 화장실이 더러워서 못 쓰겠으면 차라리 내가 화장실을 하나 새로 만들어서 쓰겠다. 다시 생각해도 천재적인 발상이었다. 콜롬버스란 사람이 달걀 갖고 장난친 이야기나 알렉산더란 사람이 매듭 갖고 장난친 이야기 다음에 놓이기에 부족함이 없다. 아무데나 만드는 것도 아니고, 이 집에서도 가장 버려졌거나 지저분해 보이는 곳을 골라서. 사람에게 더러운 곳이면 고양이한테 양보할 수도 있겠지, 제멋대로 정당화한 감이 없진 않지만 사실 그런 걸 제대로 따져볼 겨를도 없었다. 급했다. 정말 급했다. 종종걸음으로 다시 산책로를 한바퀴 돌며 탐색을 시작했다. 거실과 작은 방을 거쳐 좌변기가 있는 화장실을 지나고, 안방 옆 부엌을 지나, 캣타워와 장난감 바구니를 지나

고양이 화장실까지. 옷방으로 쓰는 작은 방구석이 왠지 아늑하다. 구석에 보이는 듯한 실밥 보풀들과 미세먼지들이 이리 오라고 손짓하는 느낌, 이제 생각할 시간이 없었다.

언니와 오빠의 당황한 표정을 보고 나니 조금 민망해졌다. 내 비록 콜롬버스나 알렉산더와 동급에 놓일 만큼 천재적인 고양이이긴 하지만, 그들은 아쉽게도 그 사실은 알아채지 못했다. 친구들이 많이 나오면 텔레비전 프로에 출연해서 사료값이나 벌어볼까 했더니만. 그러고 나니 작은 방 구석에 따끈하게 놓인 내 똥만 남아버렸고, 미안한 마음보다는 민망한 마음이었다. 나도 볼일은 화장실에서 봐야 한다는 건 안다고. 그러게 계속 울었잖아, 이상하다고 말할 만큼 울었으면 나도 할 만큼 했다고. 목이 쉴 뻔 했다니깐. 그런데 간식이나 주고 장난감이나 흔들어준 멍청이들에게 미안할 건 없다고 생각한다. 다만, 건강하고 똑똑한, 태어나면서부터 화장실도 가릴 줄 알던 내가 이런 일을 겪다니 그저 민망하고 치욕적일 뿐이다. 어라, 그런데 왜 또, 모래를 제대로 갈아주지 않는 거지. 지금 오줌뭉치 감자와 똥뭉치 맛동산만 골라서 치울 때가 아니라고. 모래를 통으로 갈고 화장실을 락스로 박박 씻어도 모자랄 판에. 똥내 난다고.

좋아, 이렇게 되면 막 나가자는 거지. 전쟁이다. 부엌 다용도실 옆에 봐둔 데가 있으니 내일은 거기다. 야옹.

세상은 놀이터요, 만물은 놀거리라

오늘도 어김없다. 밥을 먹이고 나면 쪼르르 장난감 상자 앞으로 뛰어가서는 빤히 바라본다. 낑낑거리는 소리도 내며 영화 〈슈렉〉에 나왔던 '장화 신은 고양이'같은 깜찍한 표정을 지으니 귀찮지만 어쩔 수 없다. 어제와 다른 장난감을 꺼내어 들거나, 낚싯대 끝에 다른 걸 매달아서 흔들어주면 그저 좋단다. 장난감을 좇아 말그대로 발바닥이 까지도록 뛰어다니는 걸 보면 어처구니가 없기도 하다. 아리 발바닥의 핑크빛 젤리가 시뻘겋게 충혈되다가 심지어 껍데기가 일어나는 걸 처음 봤을 때는 혹시나 저러다 말캉한 젤리가 터지지나 않을까 심각하게 걱정했지만 그러진 않겠지. 아무래도 귀찮거나 놀아줄 시간이 없으면 슬쩍 공이나 빵끈을 던져주기도 한다. 그러면 툭툭 건드려보다가 어느 순간 두 앞발 사이에서 놓치지 않고 드리블을 하면서 거실을 종횡무진 뛰어다닌다. 장난감을 잡으려다 실패하거나 캣타워에서 굴러떨어지고 나선 겸연쩍어서인지 원래 관심없었다는 듯 새초롬하게 딴청피우는 모습도 너무 귀엽다. 아니면 놀다말고 무뎌진 발톱 때문에 사냥이 잘 안 된다는 듯 짐짓 골내는 투로 스크래쳐를 벅벅 긁어대는 것도 우습고.

처음에 맥주와 함께 살면서는 조금 놀랐다. 이미 장난감에 반응하는 시기는 지났을까 싶었는데 엉성한 싸구려 낚싯대나 오백 원짜리 고무공 같은 장난감에도 너무 반응이 좋은 거다. 이런 물건은 난생처음 본다는 듯 지긋이 응시하다가 조심스럽게 건드려보고는 이내 완전 빠져들었다. 골판지 스크래쳐도 내가 먼저 손톱으로 긁어주는 흉내를 내준 덕분인지 금방 익숙해져서 아예 그 위를 떠나지 않고 틈만 나면 긁어대다가 잠도 자고 쉬기도 하고, 아늑해하는 게 느껴졌다. 건전지로 작동하는 회전깃털이 부스럭대는 비닐 재질의 깔판 아래서 돌아가는 장난감도 사봤다. 몇 가지 패턴이 있긴 하지만 대체로 단순한 그 움직임에 낚여서는 지치지도 않고 노는 모습이 짠하기도 하고 사랑스럽기도 했다. 그만큼이나 좋아하던 건 페트병 뚜껑, 500밀리리터 물병을 원샷하고 나서 뚜껑을 멀찌감치 던져주면 꽁지빠지게 뛰어가서는 두 앞발로 드리블을 하고 놀았다. 그러다가 흥이 오르면 꼬리를 폭죽처럼 팡 터뜨리는 게 그렇게 보기 좋았다.

달래는 어릴 때부터 늘씬한 근육질 체형이라 그런지 점프력이 남달라 위에서 장난감을 흔들어주면 펄쩍펄쩍 뛰어올랐다. 안방 커튼에 발톱을 박고 천장 가까이 올라가서 번데기처럼 꽁꽁 휘감긴 채 숨어 있는 기행을 선보이기도 했다. 공을 던져주면 냉큼 뛰어가서 다시 물고 오기를 수십 번 연달아 하기도 했다. 공 던져달라고 냥냥대기도 하고 물고서는 신나서 사방을 돌아다니는 모습이 꼭 강아지 같았다. 화분에서 떨어진 낙엽을 가지고는 다 부서질 때까지 물고 다니며 드리블을 하는 게 달래가 가을을 즐기는 방식이기도 했다. 지금은 식빵 봉지를 묶었던 빵끈이나 와인의 코르크마개, 심지어는 볼펜이나 안경을 갖고도 씨근덕거리며 거친 숨을 몰아쉴 때까지 드리블을 하고 다닌다. 그런 녀석이지만 겨울철 건조한 방에 널어둔 젖은 수건에서 떨어지는 물방울을 구경하거나 커피를 내릴 때 방울 떨어지는 걸 목을 길게 빼고 정신없이 구경할 만큼 차분하기도 하다. 거의 명상 수준이다. 그러고 보니 아날로그 벽시계를 잠시 바닥에 눕혀놨을 때는 움직이는 바늘을 사냥이라도 하고 싶은지 꼼짝도 않고 몇십 분씩 집중한 모습이 대단했다.

요새 달래는 장난감보다는 집밖으로 나가는 데 더 꽂혀 있다. 이름과 연락처가 각인된 메달을 달그랑거리며 하네스까지 차고서 산책을 시도해보기도 했다. 처음 맡는 냄새와 풍경에 대한 호기심이 쫄보 달래의 두려움이나 겁을 눌러버렸는지, 생각보다 꽤나 적극적이었다. 그렇지만 아무리 하네스를 채웠다고 해도 액체 괴물 고양이는 언제라도 도망갈 수 있다고 해서 산책은 그만두기로 했다. 지금은 가끔 현관문을 열어주어 바깥 엘리베이터 문까지의 작은 공용 공간을 새로운 신대륙인 양 탐험하라고 풀어주는 정도다. 대신에 여기저기 빵집에 들를 때마다 여분의 빵끈을 꼭 챙겨와서 새로운 장난감으로 선물해주고 있다. 아무래도 반짝거리는 금색 비닐 재질의 빵끈을 제일 좋아한다. 그러면 녀석은 아마도 나름의 보답으로, 제 먹을 캔은 제 힘으로 벌겠다며 노트북 위를 비집고 올라와 열심히 타자를 친다. 키캡이 떨어져 나갈까 걱정스러울 만큼 격정적으로. 프라모델을 조립하거나 종이 인형 자르기를 할 때에도 옆에서 부품을 밀어주거나 물어와서 도와주기도 한다. 일껏 도와주고 나더니 오토바이 프라모델은 조립한 지 한 달도 되지 않아 너덜너덜, 부품을 다시 모조리 분해해버렸다. 그러고 나서 모른 척 오디오 스피커 옆에 앉아서 울림을 즐기고 앉았다.

아리는 좀 다르다. 아리가 집에 오고 나서는 얼마 안 되어 이사하게 됐고, 고양이문을 화장실이 놓인 베란다 출입구에 설치했다. 조그마한 네모 문짝을 머리로 밀어 들락날락하는 그 길목에 비껴 앉아 먼저 들어간 달래가 나오기를 기다려 펄쩍 달려드는 게 아리는 그렇게 재미있나 보다. 고양이문 말고도 긴 나무 선반 모양의 캣워크를 거실 벽면에 몇 개 불규칙하게 매달아 뒀다. 가히 캣타워 일백 개의 아우라를 풍기는 놀이터가 됐다. 외나무 다리에서 만난 원수 사이인 양 캣워크를 따라 쫓고 쫓기며 일진일퇴를 거듭하는 모습은 거의 '동물의 왕국'이 눈앞에 펼쳐진 느낌이다. 둘이 그렇게 사방에서 툭탁거리다 보니 도배를 새로 한 벽면은 일주일만에 여기저기 찢겼고 커튼이나 침대, 소파는 그냥 발톱자국이 가득한 캣타워로 변신해버렸다. 가끔은 혼자서 리모콘을 모아놓고 그 위에서 꾹꾹이를 하기도 하지만, 아리는 혼자 장난감을 갖고 노느니 달래에게 툭툭 장난을 거는 게 좋은 모양이다.

그런 아리를 거의 미친 고양이처럼 변신시킬 수 있는 마성의 장난감이 있으니 바로 빨대를 달아둔 낚싯대 되시겠다. 일찌감치 깃털이 사라지고 덩그러니 남은 낚싯대를 그냥 버리긴 아까워서 끝에 뭐라도 달아볼까 싶어 빨대를 달아본 게 그 시작이었다. 아리 앞에서 흔들어주면 입을 활짝 열고서 헥헥거릴 때까지, 아니 그렇게 숨이 턱에 차서도 계속해서 빨대를 사냥하느라 정신을 못차리고 덤벼들었다. 이후 여러 카페를 전전할 때마다 빨대를 두어 개 챙겨오며 실험을 거듭한 결과 비닐 포장이 되어 있는 빨대를 달아두면 그 껍질을 벗기는 것까지 즐거움에 포함되어 더 좋아하더라는 점, 그리고 빨대 길이가 짧고 조그마한 것일수록 더 빠르고 역동적으로 움직이니 더 흥분하더라는 점 등을 알게 됐다. 게다가 빨대 말고 납작한 플라스틱 젓개도 일종의 별미처럼 좋아한다거나 비닐 포장이 벗겨지고 나서 빨대 위에 리본으로 묶어두면 마치 잠자리 같은 모양이 되어 새로운 장난감을 맞이한 것 같은 반응을 보인다는 점도 알게 됐다. 그

과정에서 아리가 숙련된 빨대 감별사로 거듭나게 되어 엄격하고도 까탈스런 선구안이 생겼다는 점은 일종의 부작용이겠다.

장난감에 흥미가 떨어져도 녀석들은 스스로 재미있을 법한 것들을 찾아내는 데 특별한 재능이 있다. 집에서 빵을 굽거나 음식을 만든다고 이런저런 재료를 내어놓을 때, 새로 과자 봉지를 뜯거나 과일을 깎기 시작할 때면 일단 궁금하다. 장을 보고 돌아와서 물건들을 부엌 바닥에 잔뜩 펼쳐둘 때도 마찬가지고, 택배가 와서 박스를 풀고 정리할 때도 마찬가지다. 새로운 냄새가 난다거나 부시럭대는 소리만 나면 깊이 잠들어 있다가도 어느새 순간이동한 것처럼 바로 옆에 와서 기웃거리기 바쁘다. 목공방에서 만들어온 그릇장이나 소품이 왔을 때도 최종 검수 담당이다. 칸칸이 들어가서 꼼꼼하게 냄새를 맡고 면밀하게 관찰한다. 그러고 보니 공항이 버스 정류장보다 더 감흥이 없어졌을 만큼 해외 출장이 잦던 때에도, 녀석들은 짐이 가득한 캐리어에 묻혀온 타국의 냄새를 지치지도 않고 탐닉한다고 좀체 비켜주질 않아 다음날에야 겨우 짐을 푼 적도 있다. 장난감과 장난칠거리를 찾아 헤매이고 다니는 녀석들이지만, 딱히 캣새기들이라고 타박할 일은 없었다. 에어컨 배수 파이프를 물어뜯어 한여름 무더위를 며칠간 고스란히 몸으로 받아내야 했던 올여름만 빼면.

한때는 무슨무슨 펫쇼나 반려용품 전시회가 열렸다고 하면 잠시라도 꼭 들르고 싶었다. 한번은 정말 멋지다 싶은 고양이 장난감을 봤다. 길이가 무려 1미터가 넘는 꿩깃털을 모든 방문객이 하나씩 들고 다니는 거다. 우리가 어떤 민족입니까, 라는 광고 속 질문에 우리 모두 화랑의 후예라며 대동단결하는 듯한 장관이었다. 가격이 절대 저렴하지 않았지만 녀석들이 좋아할 거라 기대하며 사왔더니 한 달이나 제대로 놀았던가. 역시 새로운 게 제일 좋은 장난감이니, 굳이 비싼 걸 살 필요가 없다는 교훈을 새삼스레 돈 주고 산 셈이다. 있는 장난감들을 돌려막기하던 빨대를 얻어오던, 자주 놀아주는 게 더 중요하다는 건 말할 것도 없다. 하다못해 털을 빗겨주면서도 어느 순간 녀석들이 빗을 물어뜯으려 들고, 나는 피하거나 막으려 들고, 그러다 보면 〈목욕의 신〉이라는 웹툰에 나왔던 목욕투같은 장난이 되어 버린다. 이번엔 슥 옆구리를 빗기고, 녀석의 앞발 공격을 피해서는 슥 목덜미를 빗겨주고. 그렇게 함께 하는 모든 순간은 놀이가 되고, 녀석들은 결국 조커가 배트맨에게 말하듯 내게 그렇게 말하고 싶은 건지도 모른다. Why so serious?

셋째 고양이 이름은 뭐라고 지을까

우리 이래도 되는 거겠지? 세 마리로 늘고 나서 네 마리 되는 건 금방이라고 했는데. 내가 그때는 브레이크 밟아줄게. 두 마리나 세 마리나 키우는데 크게 품이 더 들진 않을 거야. 두 마리 키우기로 결정하면서 세 마리 걱정할 때도 브레이크 걸어준다고 했잖아. 그치만 고양이잖아. 그건 그래. 아우 근데 왜 이렇게 이뻐! 난 다른 것보다 집에 있는 두 녀석이 걱정이네. 한참 나가서 안 들어오더니 뭘 데리고 온 거냐고 기겁할 듯해. 그러게, 자기 집에 새로운 고양이 데리고 들어가면 그렇게 느낀다면서. 내 눈 앞에서 감히 바람을 피는 거냐고 질투한대. 달래랑 아리 중에서도 난 둘째 아리가 더 걱정이야. 여태 막내였는데. 달래는 그래도 이미 아리 때 한번 겪었던 일이잖아. 달래도 못지 않을 걸. 훨씬 소심하고 예민한 녀석이니, 분노와 질투심에 똥 테러를 할 수도 있다고. 아, 회사 동료 한 분이 최근에 세 번째 고양이를 들였는데 그랬대. 옷장 속 개켜진 이불 사이에다가 똥 테러를 하고, 세 번째 고양이 밥그릇이랑 잠자리에다가도 오줌을 싸놨대.

걔는 이름이 뭐라더라. 슈퍼카 페라리의 기상을 닮으라고 창업자 이름 따서 '엔조'라고 지으셨다던데, 하도 미친 고양이처럼 난장판을 만들고 다녀서 '미치'라고 이름을 바꿀까 생각 중이라고 하시대. 엔조면 엔조야, 하고 부르려나. 우리는 얘 이름 뭐라고 짓지? 우리 밤늦게까지 보던 웹툰 중에 좀비 나오는 웹툰, 거기에 애용이나 떼껄룩이란 고양이 나오잖아, 그건 어때. 껄룩이? 껄룩이는 좀 그렇다. 아니면 용이 나오는 웹툰에 나왔던 등장인물들은 어때? 차차라거나. 아예 용이라고 할까, 우리 애들 성이 진이니까 진용이? 괜찮은 거 같긴 한데 좀더 던져 봐봐. 음. 차차, 초초, 치치, 아 치치는 어때. 지브리 애니메이션 중에 마녀가 데리고 다니던 깜장고양이가 지지인가 치치인가 그랬어. 아니면 키키, 피피, 히히. 치키치키 차카차카 초코초코초. 아니면 센이라거나 치히로라거나 하쿠라거나. 일본어 이름은 좀 별로다. 그럼 토토? 〈오즈의 마법사〉에 나왔던 강아지가 토토였고, 〈시네마천국〉에 나왔던 강아지인가 주인공 꼬맹이 이름이 토토였을 걸. 그건 왠지 깜장색 작은 푸들이 연상된단 말야, 딴 거.

계속 여자아이만 키우다가 처음 남자아이인 거잖아, 왜 그 땅콩이라고 하나. 나중에 떼어내겠지만 아무튼 그 땅콩이 있는 녀석이니까 땅콩은 어때. 땅콩이는 좀 별로고, 다른 견과류 없나. 아몬드, 캐쉬넛, 잣, 호두, 자연스럽게 불러주려면 이름이 두 글자여야 하는데 딱히 두 글자 짜리 견과류가 없네. 호두 어때. 호두 괜찮네. 아니면 돌이? 철이? 그럼 진돌이나 진철이가 되는 건데 쌈디 삼촌 이름이랑 같아서 별로다. 진돌이 말고 도리는 이때, 받침없이 도.리. 도리는 또 일본말로 새란 뜻 아닌가, 닭도리탕. 일본어 이름은 싫다면서. 아님 토리는. 진토리? 차라리 진토닉 어때? 내가 맥주 때부터 말했지만 술로 이름지어주는 게 최고라니깐. 소주, 소맥이, 꼬냑이. 음. 그렇긴 하네. 그러면 난 차라리 삐노할래. 삐노? 응, 피노누아의 피노. 근데 발음은 왠지 삐노가 더 맘에 들어. 그 품종의 와인을 좋아하는지는 몰랐네. 주로 부르고뉴에서 나는 비싼 와인이라 잘 못먹는 거지, 좋아하거든. 삐노 좋다. 삐노라고 할까?

그런데 우리 달래랑 아리는 이름 어떻게 지었더라. 좀체 기억이 안 나네. 그때도 이렇게 힘들었나. 그러게 말이야, 기억이 하나도 안나. 달래 이름 지을 때 처음에 호냥이라고 하자고 했나? 응 맞다, 호랑이 고냥이였나 호랑이 냥아치였나 그걸 줄여서 호냥이라고 하자고 했네. 얼룩이 워낙 이뻐서 생각이 그쪽으로 계속 갔던 거 같아. 그 얼룩이 꽃무늬같아서 잠깐 꽃순이라고 부르기도 했잖아. 그러다가 진달래가 된 거구나. 맞네. 뜬금없이 애들이 진씨가 되어 버린 게 그때부터네. 그럼 아리는 뭐였지? 아리는 내가 만화 〈닥터 슬럼프〉 좋아했어서 거기 나오는 아라레에서 딴 거였지. 맞다 맞다, 라를 빼고 아레를 아리로 바꿨구나. 그래서 진아리인 거잖아. 아리도 뭔가 다른 이름을 많이 생각했던 것 같은데 이젠 그중에서 기억나는 게 하나도 없네. 걔는 그냥 아리가 딱이네. 적당히 똘끼도 있고 똥꼬발랄하고. 달래도 그래, 이름이 찰떡이야.

더는 들이지 않겠단 결의를 담아 막돌이, 끝돌이 뭐 그런 건 어때? 왜 그 소문난 칠공주였나 드라마에서 막내 이름을 막칠이인지 종칠이라고 붙였던 것처럼. 그럼 끝삼이나 막삼이가 되어야 되나. 음. 진막돌, 진끝삼, 다 별로다. 아니면, 마지막… 마지막스? 막스? 좋은데? 마지막이라는 의미도 담고 내가 또 맑스 좋아하잖아. 최근에 읽은 책도 맑스가 주인공인 소설이었다고. 남자아이 이름으로도 잘 어울리네. 진막스라. 아니 진맑스. 나쁘지 않은데 일단 후보로 두고 더 생각 좀 해보자. 약간 고양이보다는 어깨 넓은 사냥견 느낌이 들기는 해. 군용견이라거나. 아니면 얄리? 얄리는 또 뭐야? 굿바이 얄리, 아니다 이건 노래가 슬프네. 지구나 달, 별이라고 부르는 건 어때. 그건 또 뭐야. 이승환 반려견이 지구랑 달이었거든. 뭐래. 아예 태지라고 하면 어때, 태지야. 부르기에도 괜찮지 않아? 일단은 운전에 좀 집중해봐. 아직 집에까지 돌아가려면 한 시간 정도 남았으니까.

쓰리? 셋째니까 넘버 쓰리라고 쓰리. 유재석이랑 비랑 이효

리가 팀짜서 나온 싹쓰리 때문에 생각난 거지? 난 걔들 노래도 좋은지 모르겠고 레트로라고 나오는 노래들도 취향 아니야. 알아, 그냥 던져 봤어. 브레인 스토밍 중이라고 지금. 진쓰리, 어감도 별로네. 딴 거. 바둑이는 어때, 귀랑 꼬리에 까만 얼룩이 있잖아. 얼룩이는 좀 소 같아서 아닌 거 같고. 바둑이는 너무 개 같은데. 아니 개 같다고, 강아지. 그럼 개똥이? 이름을 막 지어야 건강하게 오래 산다잖아. 고양이한테 개똥이라고 하는 건 너무 예의없지 않아? 아니면 눈이 파랑색이니까 파랑이? 사실 난 파랑색보다는 빨강색이 더 좋은데 접점이 없다. 아님 한강이? 한강이 보이는 아파트에 살고 싶단 마음을 담아? 강남이? 강남구민 한 번 되어보자고. 아님 대박이? 로또? 너무 사심 가득한 이름들인데, 딱히 이쁘지도 않네. 너무 막 던지는 거 아냐.

이왕이면 달래, 아리랑도 어울리는 이름이면 좋을 것 같아. 세 마리 이름을 주르륵 이어 불러도 어울리는. 그럼 달래, 아리… 부추 어때? 부추? 달래로 시작해서 부추로 끝나는 게 뭔가 수미상관하기도 하고. 달래아리부추, 부추 괜찮다, 지금껏 나온 것 중에 제일 괜찮은 거 같아. 부추빵이 유명한 대전에서 데리고 오는 거기도 하니깐. 부추야, 발음도 좋으네. 근데 얘가 부추랑 닮은 구석이 있나 모르겠네. 아니면 양파나 마늘? 단군이 생각나는데 단군이는 별로지? 쑥…도 한 글자라 별로고. 고수? 우리 둘다 고수 좋아하니까 고

수도 괜찮으려나. 아니면 두리안? 코로나 때문에 동남아 언제 또 갈지도 모르는데. 두랸이라고 부르는 거지, 두 글자로. 일단은 좀 애 성격이나 외모를 좀더 보고서 결정하자. 너무 어렵다. 그래 지금 결정하기는 너무 어렵네. 뭐 브레인 스토밍해보는 거지. 그런데 그러고 보니 달래랑 아리 이름은 다 자기가 지었구나. 아까 삐노도 좋았는데, 그럼 삼전삼승이네. 이름 잘 짓는고만. 이번에도 자기가 생각한 것 중에서 골라보자.

근데 꼬막이는 어때? 꼬마막둥이? 아니면 먹물이?

난 너 같은 자식 둔 적 없다

이리와, 오빠가 똥꼬 닦아줄게. 아니, 너한테는 오빠 아니고 형이지 참. 오빠, 아니 형아가 간식 줄까? 아내도 마찬가지여서, 언니가, 아니 누나가, 라는 말을 숱하게 쓰는 중이다. 셋째로 들인 녀석이 남자아이라 가정 내의 편향된 남녀 성비를 1:3에서 2:3 정도로 완화하는 데 도움이 되긴 했지만 언어생활에는 실로 적잖은 혼란을 불러일으켰다. 그동안 우리집의 고양이들은 우리 부부와 남매라는 설정으로, 말하자면 큰 오빠와 큰 언니가 있고 나이 터울이 제법 나는 어린 여동생 둘이 함께 살고 있는 셈이었다. 그에 더해 여동생 둘은 말을 못하고 야옹거리기만 할 뿐이니, 그들의 요구사항을 묻거나 확인하기 위해서는 오빠가, 혹은 언니가 간식 줄까, 놀아 줄까, 라는 식으로 일일이 물어보며 말을 거는 습관이 굳어지고 있었다. 그런데 막둥이 남동생이 새롭게 하나 생기고 나니 그 습관은 오히려 버릇처럼 거슬리게 된 상황이다. 남녀 성별을 구별하며 오빠 혹은 형으로 시작하는 문장을 그때 그때 의식해서 만들어내야 하는데 그게 좀체 쉽지 않은 거다.

문제는 애초 나는 자신을 '나' 이외에 다른 단어로 칭하며 말을 하는 것을 너무도 낯간지러워 하는 사람이란 점이다. '오빠가-'는 말할 것도 없고 '이 형님이-'라거나 '형아가-'로 시작하는 문장을 구사하는 사람들은 그냥 나와는 굉장히 다른 사람이라고 생각하고 있다. 두 고양이 여동생들을 향해서 오빠가 뭐뭐 해줄게, 라고 말하는 화법이란 것도 좀체 낯설고 어색해서 적응하는 데 시간이 꽤나 필요했단 말이다. 그나마 상대가 사람이 아니라 고양이니까, 주변에 다른 사람이 듣고 있지 않으니까 수년이 지나서야 조금 자연스러워진 판이었는데. 그런데 그도 모자라 이제는 심지어 형이, 로 시작하는 문장을 구사해야 한다니 이 고양이 녀석들이 꿈에라도 나와서 내 말투를 놀려대진 않을까 심경이 복잡해진다. 이 곤경을 앞에 두고서는 셋째 삐노가 생기고 나서 맞닥뜨리는 중인 여러 어려운 일도 작아만 보이는 거다. 장모종 아깽이다 보니 화장실 다녀오고 나면 똥을 고구마 줄기처럼 주렁주렁 털에 붙여놓고서 돌아다닌다거나 설사를 하고는 가는 걸음걸음 발자국을 찍어놓는다거나 하는 건 그저 귀여운 에피소드 되시겠다.

그렇지만 더 싫은 건 사실 고양이 녀석들의 엄마라거나 아빠로 불리는 일이다. 아내도 나와 같은 생각이니 줄여서 '엄빠'라는 호칭을 피하고 싶고 부담스러워 한다고 해도 무리가 없을 듯싶다. 친구들이 집에 놀러와서든 핸드폰 속 가득

저장된 사진을 통해서든 우리 집 고양이들을 보고 나서 우리와 나누는 대화 중에는 꼭 한 번은 그 호칭이 들어간다. 달래야 니네 아빠 술 좀 그만 마시라 해라, 아니면 아리야 니 엄마가 간식은 맛있는 거 주니, 같은 식이다. 처음에는 그때마다 우리는 부모자식으로 엮인 관계가 아니라 남매지간이라며 호칭을 수정해보려 했지만 좀처럼 쉽지 않다. 상대는 조금 신기해하거나 참신해하면서 그럼 언니, 오빠인 건가, 이랬다가는 이내 엄마, 아빠로 돌아가버린다. 이제는 그냥 다른 사람들은 부르고 싶은 대로 부르라지 하고 체념한 상태다. 어차피 중요한 건 우리랑 우리 고양이들과의 관계니까, 라고 생각하다 보니 어느결에 자신을 오빠야, 언니야, 하는 말투에 익숙해져 버렸던 것 같다.

녀석들과 처음 묘연을 맺을 때에도 부모자식 관계가 되고 싶지 않았던 건 분명하다. 다소 즉흥적이기는 했으나 고양이 녀석들의 성을 뜬금없이 진씨라고 붙여버린 것도, 우리가 각기 피 한 방울 섞이지 않은 사람과 고양이들이란 걸 분명히 하고 싶었던 이유가 크다. 우리 관계는 그런 혈연이니 필연에 기대어 있는 게 아니라 의지와 우연에 빚진 결과물이란 생각이었다. 게다가 요즘 세상에선 한 집에 사는 가족이라고 꼭 남녀 부부 한쌍에 자녀로 구성된 것만을 정상가족이라 여기는 것도 아니다. 근래에 읽었던 기사에 혼인 여부는 차치하고 자신의 삶에 만족하고 살던, 비혼주의자 아닌

무혼주의자가 문득 인생에 책임감을 더하고자 노묘를 입양했다는 내용이 있었다. 그런 것도 하나의 가족 형태로 받아들여질 만큼은 관대해진 세상인 거다. 가족에 꼭 뚜렷한 위계가 있어야 하는 건 아니다. 고양이의 성정이 그렇듯 우리는 서로 적당히 담백하면서도 조심스런 애정을 나누는 관계면 좋겠다고 생각했다. 사람이 고양이에게, 고양이가 사람에게, 그리고 사람이 사람에게, 또 고양이가 고양이에게.

부모자식 관계를 맺기에는 고양이와 사람의 시간이 다르게 흐른다는 점도 걸린다. 아무래도 고양이의 수명은 사람보다 훨씬 짧아서, 그만큼 시간이 빠르게 지나가는 거다. 처음 고양이와 살 때는 고양이의 한 달이 사람으로 치면 몇 살이구나, 두 달이 되고 세 달이 되면 몇 살로 훌쩍 뛰는구나, 한 달이 멀다 하고 열심히 연령 비교표를 검색해서 찾아보기도 했다. 대체 여기서 말하는 사람 나이란 게 한국식 만 나이인 거야 아니면 글로벌 스탠다드야 하고 툴툴거리면서. 두 살이 되면 사람 나이로 스물네 살이고 여섯 살이 되면 마흔 살에 비견할 만하다고 하는데, 그럼 달래랑 아리가 몇 살쯤 되면 나보다 나이가 많은 어른이 되는 셈인지 계산하다보면 마음이 복잡해졌다. 그리고 고작 15년쯤 살고 난 고양이는 장수했다고 할 수 있을 정도로 흔치 않은 일이라, 사람으로 치면 돌봄이 필요한 여든살 노인 연배라고 하니 벌써부터 속상하기도 하다. 여하간 그런 식으로 어느 순간 녀석들이 우리보다 나이 많은 '묘르신'이 될 예정이니 더욱 부모자식간은 말이 되지 않는다.

그렇다고는 하지만, 사실 우리집 고양이 나이를 사람 나이로 환산해 계산해보기를 멈춘 지는 꽤나 오래됐다. 두 살 된 고양이는 그저 두 살, 세 살된 고양이는 그저 세 살된 고양이일 뿐이다. 고양이는 그냥 고양이라는 작은 깨달음이랄 수도 있겠다. 앞으로 더 오래 산다고 해서 이 녀석들이 사람보다 어른스럽게 행동하는 것은 고사하고 최소한 사람답게 행동할 거라는 기대는 없으니까 말이다. 가끔 사람같기는 하지만, 어찌되었건 밥을 챙겨주고 건강도 챙겨주고, 놀아주기도 하고 화장실도 치워주는 그 모든 뒷바라지가 평생 필요한 녀석들인 거다. 물론 녀석들이 조금 더 일찍 기운이 빠지고 늙어버릴지 모른다. 아마도 그럴 가능성이 꽤나 높긴 하겠지만, 반농담 삼아 자주 하는 말로 고양이던 사람이던 가는 데는 순서도 없지 않으려나. 다르게 흐르는 것 같지만 사람이나 고양이나 우리는 모두 같은 시간을 살고 있다는 게 중요한 거라고 생각하게 됐다.

그래서 결국은 그거다, 뭣이 중헌디. 아빠라고 불리던 혹은 자신을 오빠라고 부르던 형이라고 부르던. 옛날 어른들 말씀으로, 아이들 입에 밥 들어가는 게 그렇게 신기하기도 하고 무섭기도 하다더니 지금 내가 그렇다. 녀석들이 밥 때가 되면 많이 큰 두 녀석은 싱크대 위에서, 아직 어리고 다리가 짧아 언니들, 아니 누나들을 못 쫓아가는 막내녀석은 싱크대 아래에서 챱챱챱 밥을 먹는 모습을 보고 있노라면 대견하고 기특하다. 볼 때마다 짜릿하고 늘 새롭다. 역시 귀여운 게 최고인 건가. 이런 일상의 작은 순간마다 행복한 정도가 정점을 찍는다. 진부하지만 우리가 모두 같은 시간을 살고 있다면 그냥 저 녀석들과 보내는 시간을 소중하게 보듬고 기억하는 것밖에는 달리 할 수 있는 게 없다. 그렇다고 이런 뻔한 마무리가 여전히 오빠와 형 사이에서 버퍼링을 면치 못하고 있는 자신에게 은근슬쩍 면죄부를 주겠다는 이야기는 아니고, 앞으로는 좀 더 신경 써야겠다고 반성하고 있다. 형아가 밥 주러 간다, 기다려라 삐노야.

아기 고양이에 대한 이상과 현실

달래랑 아리, 맥주를 보면서 이 녀석들이 아주아주 조그마한 아기 고양이때부터 함께했다면 좋았겠다는 생각을 가끔씩 했다. 부모가 꼭 붙어서 보살펴주고 기본적인 것들을 가르쳐줘야 할 꼬물이 때는 안되겠지만, 그래도 천진난만한 아깽이 때를 좀더 길게 함께했다면 더 좋지 않았을까 하는 생각이 드는 거다. 사람의 아이도 그렇다지만 고양이 역시 아기였을 시기는 워낙 순식간에 지나가는 짧고 귀한 시간이다 보니 하루가 아쉽다. 몸집이나 외모도 하루가 다르게 부쩍 자라나는 시기라서 잠깐만 놓쳐도 예전의 인상과는 확 달라져버린다. 맥주는 나이도 알 수 없을 만큼 '묘르신'이 된 후에 만났고, 달래나 아리는 모두 아기티를 갓 벗고 '냥린이'에 접어드는 즈음부터 함께했다. 게다가 달래나 아리 모두 내가 한 달에 네 번씩 전 세계로 출장을 나다니던 시기에서부터 함께하다 보니 듬성듬성 빠뜨린 모습들이 있는 것만 같아 아쉽다. 다행이라고 해야 할지 삐노와 함께 살면서 조금은 그 욕심이 채워지기도 하고, 의외로 그 욕심 자체가 사라져버리기도 한다.

녀석이 털이 긴 장모종이다 보니 화장실에 한 번 다녀오고 나면 난리가 난다. 아직 어려서 뒷처리가 미숙해서라 믿고 싶은데 똥꼬와 뒷다리, 꼬리에 지린내가 진동하는 모래가 엉겨붙는 건 기본이고 온통 똥범벅이 되기도 부지기수다. 걸음걸음 축축한 발바닥 자국도 선명하게 남긴다. 아직 어려서 장이 약한 거라 믿고 싶은데, 설사도 잦은지라 그때마다 화장실로 들고 가서 씻기다 보니 이제는 볼일을 보고 나선 내 눈치를 보며 가능한 전력질주로 도망간다. 사방에 모래와 똥오줌을 튀기며 정말 신나게 질주한다. 역시 아직 어려서 숙달이 덜 되어서라 믿고 싶다. 씻기고 나서도 아직 그루밍하는 기술이 변변치 않아 대충 시늉만 내는 게 그야말로 고양이 세수다. 그것도 처음에는 워낙 어리고 작으니 감기라도 걸릴까 조심스러워 며칠동안 씻기지도 못했다. 덕분에 인도나 터키에 처음 가보면 깜짝 놀라게 되는 이국적인 암내 비스무레한 향취가 집안 가득 배어들었다. 요새는 또 이 갈이가 슬슬 시작되려는지 바늘같이 날카로운 이빨로 사방을 물어제낀다. 내 손가락이던 발가락이던 예외는 없다.

그런 소소한 현실 앞에서 아기 고양이에 대한 로망이 사그라드는가 싶다가도 역시나 귀엽다. 사람들 뒷꿈치를 폴짝폴짝 쫓아다니다가 침대나 소파에까지 따라 올라오고 싶으면 거의 암벽등반을 하듯 발톱을 잔뜩 세우고 기어오르는 모양새가 세상 비장하다. 내려올 때는 또 냥! 하고 작지만 단호하게 외치면서 네 팔을 활짝 날다람쥐처럼 펼치곤 뛰어내리는 게 어마어마한 볼거리다. 누나들이 살랑거리는 꼬리에 홀려서는 덤벼들어 물고 뜯다가 냥펀치를 맞고 자지러지게 놀라 낑낑대며 도망치는 뒷모습도 그저 우습다. 틈만 나면 물그릇에 고개를 처박고는 할짝거리며 서툴게 물을 마시다가 코에 물이 들어가 눈도 못 뜨고 킁킁거리는 꼴도 웃기고, 쉼 없이 골골거리면서 사방을 탐험하다가 어느 순간 삘받아서는 우애오오옹, 일성을 길게 내지르고 사방을 들이받고 다니는 것도 그 뜬금없음이 무척이나 사랑스럽다. 아직 작아서 식탁 의자나 캣타워 위에도 못 올라가니, 누나들이 귀찮은 녀석을 피해 위로 훌쩍 도망가면 동경과 선망의 눈빛을 쏘며 자리에 철푸덕 앉아서 하염없이 올려다보는 장면도 킬링 포인트다. 쓰려니 한이 없다.

삐노를 집에 맞이하고 나서 종종 떠오르는 건 군대에서 만났던 아기 고양이. 보급과 급양을 담당하던 김 하사님이 일과 시간 이후에 우리 내무실로 종종 놀러오곤 했다. 한 번은 보급 창고 뒤에서 발견했다며 새끼 고양이를 내무실로 데리고 왔었다. 아마 지뢰밭과 산비탈을 어슬렁거리며 취사병들이 버리는 부식 재료나 음식찌꺼기, 흔히 짬이라고 불리는 그걸 독차지하며 뒤룩뒤룩 살쪄 있는 고양이 녀석의 새끼가 아닐까 싶었다. 이름도 없이 그저 짬타이거라고 불리던 그 녀석이랑 똑같이 노란색 털에 하얀 줄무늬를 가지고 있었고, 산꼭대기에 있는 부대에까지 굳이 와서 얼쩡거리는 다른 고양이를 본 적이 없기도 했으니까. 고양이를 특별히 좋아하기 전이기도 했지만, 아직 내 짬도 차지 않아 한몸 건사하기도 어렵던 때라 그냥 그러려니 보고만 있었다. 고참들은 전부 달라붙어 귀여워했다. 그 방식이 조금 그랬던 게 두루마리 휴지심 안에 넣어서 뒹굴리기도 하고 군복 앞주머니에 넣고서 내무실 건물 복도를 뛰어다니기도 하고. 걷는 건고사하고 아직 눈도 제대로 못 뜨는, 털도 듬성듬성한 조그마한 아이가 삐약삐약 울면서 달달달 떨기만 했다.

그저 신기했다. 불쌍하다는 생각이 조금 들기도 했지만, 그보다는 신기함이 컸다. 일단 씻겨주기도 하고 우유도 챙겨주고 하니까 조금 괴롭히거나 어쨌거나 이 국방색 무늬가 얼룩덜룩한 삭막한 공간에서도 조그마한 녀석을 챙기려고 애쓰는 게 대단해 보였다. 너무 뚜렷한 대비인 거다. 우악스럽고 거칠기 짝이 없는 검정 군홧발이 종횡하는 와중에 제대로 걷지도 못하는 작고 약한 노란색 치즈 조각이라니. 취사병들은 나름대로 엄청 아끼면서 키웠던 것 같은 게, 이름이 불리면 다가오기도 하고 쓰다듬어줘도 가만히 있는 장면을 봤다. 이름까지 짬순이라고 붙여놓고 평소엔 목줄을 해서 식당 건물 바깥으로 놓인 이층 계단 난간에 묶어두고 남은 짬밥을 챙겨줬다. 가끔은 창고에 쥐를 잡으라고 가져다가 풀어놓기도 했는데 실제로 진짜 쥐를 잡는데 성공했는지는 모르겠다. 애초에 보급 반장은 그냥 고양이 울음소리만 들려주면 쥐들이 도망가기를 바랬던 거 같은데 부모로부터 워낙 일찍 떨어진 녀석이라 울음소리도 사냥 솜씨도 영 신통찮았을 거다.

굳이 찾아가보지는 않았지만 드문드문 눈에 띄었다. 식당에 청소 지원을 나가거나 운동 삼아 부대 안을 한바퀴 뛸 때, 녀석은 그리 길지 않은 붉은 색깔 플라스틱 노끈으로 만들어진 뻣뻣한 목줄이 허용하는 반경 내에서 그나마 편한 자리를 찾아 식빵 자세로 쉬고 있었다. 녀석은 어느새 아기 때의 작고 보드라운 느낌을 벗고 삐죽삐죽 자라나고 있었다. 짧고 작던 몸뚱이는 커다래지고 두툼해졌다. 표정도 어렸을 때와는 달리 무표정해지고 방어적인 느낌, 겁먹었지만 호기심 가득하던 눈빛은 꺼져버렸다. 토끼처럼 깡총거리며 내무실 안 총기보관대에서부터 티비장까지 끝에서 끝으로 뛰어다니던 깨발랄함도 언제 그랬냐는 듯 사라지고 말았다. 그저 심드렁하고 무딘 반응을 보일 뿐이었다. 바깥에 묶여 있어서 그런지 털도 꼬질꼬질하니 지저분해져서 영 보기가 불편했다. 결국 그해 여름 비가 많이 왔던 다음날, 플라스틱 노끈은 난간에 잔뜩 엉겨서 깡총하게 짧아져 있었고 녀석은 이층 계단 난간 밖으로 대롱대롱 매달린 채 발견됐다. 아마도 여기서 탈출하고 싶었던 걸 거라고 누군가 말했다. 사실 거긴 고참들이 후임들을 데리고 가서 몰래 갈구거나 때리는 장소이기도 했다.

아기 고양이와 어른 고양이 중에 언제가 더 이쁘냐고 누가 물어온다면 대답하기 쉽지 않다. 결이 살짝 다르지만 니 도끼가 금도끼냐 은도끼냐 질문받는 느낌이다. 그냥 고양이는 다 이쁘니까 둘다 제꺼 하면 안 될까요, 산신령님. 그런데 고양이를 많이 길러본 지인이 말하길, 자기는 아기 고양이보다 성묘가 더 이쁘단다. 아기 때야 작고 귀여우니 그저 예뻐 보이지만, 실제로 미모가 드러나고 결정되는 건 다 크고 나서라는 이야기. 무슨 말인지 알 것 같다. 전 직장 동료 중 누군가 한 말이 있다. 윗사람의 부당하고 폭력적인 언사에 화가 난다면 그 사람도 귀여운 아기였던 때가 있었을 거라 생각하며 마음을 다스리라고. 그런 처방에 동의하진 않지만, 아기 때에는 누구라도 사랑스러운 구석이 있다는 건 알겠다. 더 중요한 건 실제로 타고난 성격이 인상에 묻어나고 그간 사랑을 얼마나 받고 자라났는지에 따라 표정이 바뀌는 거니까, 성묘가 되었을 때에 비로소 피어나는 귀여움이나 미모는 좀 더 단단하고 믿음직하다는 것. 꼭 예뻐서 예쁜 게 아니라 그냥 충분히 사랑받고 자라난 고양이가 뿜어내는 사랑스러움이랄까. 꼭 아기 고양이 뒤치다꺼리에 지쳐서 하는 이야기만은 아니다.

그래서 나중을 위해서라도 지금 내 옆의 꼬맹이들한테 잔뜩 사랑을 주려고 노력하고 있다. 삐노가 일주일에 기백그램씩 쑥쑥 자라나는 게 눈에 보이는 시기에 매일매일을 가능한 알차게 꽉꽉 눌러서 살아가게 해주고 싶다는 생각이다. 세상에 보이는 모든 것이 다 새롭고 신기할 텐데, 그 첫 경험을 가능한 황홀하고 아름다운 것들로 기억하게 해주고 싶다. 계속 새로운 장난감이나 장난칠 거리를 던져주어 다양한 소리와 모양에 자극받았으면 좋겠고, 조금씩 여러 가지 맛과 향의 간식들을 맛보며 미각의 스펙트럼을 넓히면 좋겠다. 빵끈이라거나 병뚜껑 같은 전혀 예기치 않은 것들도 장난감으로 삼아 잘 갖고 노는 중이니 어디서 무엇을 재미있다고 느낄지 알 수가 없다. 하다못해 깎아둔 사과 조각이나 과자 부스러기에 관심을 보이면 코에 갖다대어 냄새를 맡게 해주기도 하는데, 나중에는 입맛이 까탈스럽지 않고 이것저것 다 맛있게 먹게 되지 않을까 하는 기대도 있다. 아, 그리고 화장실에서 똥꼬를 씻길 때도 되도록 물을 싫어하지 않을 수 있도록 잘 얼러보려 노력 중이기도 하지만, 이건 좀 벌써부터 망한 조짐이 보이니 패스.

약쟁이 고양이들의 먹는 재미 지켜주기

제대로 외국 간식을 맛보여주고 싶었다. 외국에 다녀오면 이것저것 현지에서만 맛볼 수 있는 간식이나 식자재를 주변 사람 선물로 사오듯이 여행을 다녀오면 꼭 그곳의 펫샵이나 고양이 간식 코너를 들러 눈에 띄는 고양이 용품이나 간식을 사오려고 했다. 사료는 포대에 담겨 있어 무거우니까 됐고, 보통 캔이나 파우치 형태로 된 간식을 좀 챙겨오는 정도. 그런데 보니까 대부분 한국에서도 구할 수 있는 것들이다. 말레이시아의 카야잼이나 대만의 파인애플 과자 펑리수를 꼭 사들고 오던 때가 지나버린 것처럼 고양이 간식도 마찬가지가 되어버렸다. 극강의 기호성을 가진 일본제 간식이라고 해도 대부분 동남아의 공장에서 생산되다 보니 태국이나 베트남 같은 동남아에서 사나 일본에서 사나 한국에서 맛보던 것과 크게 다를 바 없는 제품들이다. 물론 드물게 일본 공장에서 직접 생산되는 것들이 있고 그건 기호성이 유별나게 좋더라는 리뷰도 있긴 하지만, 내가 직접 맛을 보는 건 아니니 그 리뷰 하나만 믿고 겉보기에 똑같은 간식을 바리바리 챙기기는 흥이 안 난다.

작년에는 태국을 다녀오면서 캣닢 가루를 사왔다. 캣닢은 보통 고양이 마약이라고도 불리는데 고양이가 워낙 좋아한 다 하여 영어로 Catnip이라 불리는 게 그대로 한국어로 널 리 쓰이게 된 것 같다. 처음 들었을 때는 깻잎이나 상추잎처 럼 무언가의 이파리 중에서 고양이가 좋아하는 거라서 '캣 +잎'인가 했는데 그건 아니었다. 톱니바퀴 모양 이파리를 가진 풀이라는데 직접 본 적은 없고 한국에서도 이렇게 말 려서 가루 형태로 담긴 것만 봐왔다. 그러니 '개박하'라는 엄연한 한국어 이름이 있다지만 직접 본다고 해도 알아보기 는 어려울 것 같고, 아무래도 캣닢이라는 이름이 좀더 고양 이에 특화된 간식을 칭하는 것 같아 정감이 간다. 보통 캣닢 에 반응하는 건 생후 6개월은 지난 고양이여야 하고, 반응 성도 고양이마다 차이가 있다고 하니 역시 냥바냥이겠다. 성묘가 되어도 삼분지일은 반응을 아예 안 할 정도라고 하 는데 다행히랄지 달래와 아리는 캣닢에 반응을 하긴 했다. 마약은 아니고 그냥 맥주 한 잔 들이킨 느낌으로다가.

태국에서 사온 캣닢은 어떨까, 적잖이 기대가 있었다. 포장 지나 캣닢의 때깔부터가 한국에서 구했던 것들과는 달라보 였다. 좀더 고급져 보여서 신뢰가 갔다고 해야 하나. 가루를 거실 바닥에 솔솔 뿌리니까 금세 관심을 갖고 모여들었다. 꼬리 끝을 조심스레 살랑거리면서 냄새부터 킁킁 맡기 시작 했다. 특히나 달래가 움찔거리며 반응하고 있었다. 역시나 한국에서 구했던 것들과 차원이 다르다. 사실 한국에서는 스크래쳐를 사면 함께 들어있기도 하고, 낱개로 봉지 포장되어 있기도 한데 반응이 그때그때 달랐다. 가장 반응이 컸을 때는 눈을 꿈뻑꿈뻑, 앞발로 바닥을 파다가 혀를 날름거려 맛보기도 하고 뱅뱅 돌기도 하고, 하여간 그런 신기한 행동을 보이기도 했지만 아예 무관심한 때도 있었다. 그랬던 달래가 주저앉아서 하염없이 냄새를 음미하다가 문득 자세를 바꿔서 온몸에 가루를 묻히며 뒹굴었다. 완전히 황홀경에 빠져서 한참을 꾸물꾸물거리다가 어느 순간 결단력 있게 고개를 모로 돌리고 멀찍이 떨어지려 하다가도 다시 유혹을 이기지 못하고 주저앉고 마는 거다.

생산성이라고는 1도 없는 녀석이 의외로 건전하게 살려고 노력하는 모습이랄까. 그저 한껏 캣닢에 취해서 뒹굴거리거나 누워 있어도 아무도 뭐라 하지 않을 텐데 정신을 차려보려고 애쓰는 듯해서 기특했다. 다시 맥없이 주저앉아 우습게 뒹굴거리기는 했어도. 자식, 바른 고양이구나. 그렇게 혼자만의 사투를 벌인 달래는 십분 정도 지나고 나서야 멀찍이 도망치는데 성공해서는 원래부터 무관심했던 척 굴고 있다. 아리나 삐노는 아쉽게도 처음부터 거의 반응이 없었다. 삐노야 아직 아깽이니까 그렇다고 쳐도 아리까지 반응이 시큰둥할 줄은 몰랐는데. 역시나 달래처럼 조금이라도 오래 산 녀석이 묘생의 쓴 맛도 알고 약쟁이가 될 가능성이 높아지는 건가 싶다. 이후에 한국 농부가 직접 농사지어 만들었다는 캣닢도 시험해봤지만, 그다지 드라마틱한 반응을 끌어내진 못했다. 일본에서 만들었다는 캣닢 장난감도 제법 근사하게 생겼지만 역시나 실패.

비슷한 반응을 이끌어내는 걸로 알려진 것 중에는 마따따비 나무도 있다. 한국어로는 개다래나무라고도 한다. 캣닢에서 고양이를 자극하는 성분과 유사한 것을 함유하고 있다나. 캣닢에는 반응하지 않아도 마따따비 가루에는 반응하는 경우가 있기는 하지만, 둘 다 반응을 하지 않는 경우가 훨씬 많다고 한다. 애초에 캣닢이든 마따따비든 고양이의 식욕 증진이나 스트레스 해소에 도움이 된다고 하는데 그렇게 반응하지 않으면 효과가 있는 건지 없는 건지 잘 모르겠다. 달래나 아리, 삐노까지도 마따따비에 별 반응을 안 보이니 이건 간식이라고 하기에도 뭐하다. 사실 그런 약쟁이 같은 반응은 락스를 사용해서 화장실 청소라도 하고 나면 제일 폭발적이다. 세 녀석 모두 청소하고 나온 발이나 종아리에 코를 바싹 붙이고는 킁킁거리며 냄새를 맡느라 여념이 없다. 계속 떠밀어도 쉽게 물러나지 않고, 한껏 냄새를 흡입했다 싶으면 벌러덩 누워서 이리 뒹굴 저리 뒹굴. 화장실로 쳐들어가서 물 묻은 바닥을 찹찹거리고 핥기도 하는데 락스향이 식욕 증진이나 스트레스 해소에 도움이 될 거 같진 않다. 그렇기는커녕 행여 몸이라도 상할까 싶어 강경하게 막아서는 중이다.

매일 똑같은 캔이나 사료만 먹는 게 질리지는 않을까, 그 걱정이 간식을 다양하게 챙기게 된 출발점이었다. 고양이들은 사람과 달라 그런 일은 없을 거라는 게 수의사들의 이야기이긴 하지만 왠지 아침 저녁에 같은 캔을 따주면 먹는 재미가 떨어지는지 접시를 비우는 속도가 적잖이 줄어드는 것같고, 주는 사람 입장에서도 재미가 없다. 사실 고양이를 건강하게 키우는 데에는 건사료와 물만 있으면 된다는 사람도 있지만서도, 무슨 용맹정진 중인 스님도 아니고 사는 낙이 있겠는가 싶어서 일찌감치 기각. 그러다 보니 가능한 다른 종류의 간식들을 맛보여주려고 노력하고 있었는데 최근에는 다소 간식을 많이 주는 것 같아 자제하고 있기도 하다. 어느 수의사 선생님 이야기대로, 사람들이 치맥을 좋아한다고 매일 먹는 건 아니니까. 고양이한테 간식도 마찬가지라고 하여 하루 한 번 정도만 줄까 하는 기조로 바꾸고 있다. 총 열여덟 개의 앞뒷발 발톱을 깎거나 귀를 닦을 때, 약을 먹일 때는 아무래도 당근이 필요하니 별개로 치고.

녀석들이 좋아라 하던 특식 중에 제일 기억에 남는 건 도톰하고 연두빛이 싱싱하던 배추벌레다. 주려고 준 건 아니고, 시장에서 사온 배추포기에 은폐해서는 집까지 침투해 왔다. 한참을 눈치 못채고 있었다. 달래랑 아리가 거실 한귀퉁이에서 뭔가를 뚫어져라 보고 있는 거다. 달래보다 조금 더 용감한 아리가 먼저 앞발로 툭툭 치니까 통통하고 큼지막한 배추벌레가 이리 뒹굴 저리 뒹굴. 이내 캣타워로 돌아가 버린 달래와는 달리 아리는 재미를 느꼈는지 계속 앞발로 치다가 코로 냄새를 맡기도 하고, 끝내 꿀꺽 삼켜버렸다. 설마 먹었겠나 싶어서 한참 지켜보기도 하고 입도 벌려봤지만 온데간데 없다. 아마도 몸에도 좋은 영양 간식 아니었을까 싶다. 그 이후로는 어쩌다 집안까지 흘러들어온 나방이나 초파리가 있으면 일단 아리를 번쩍 들어올려서 보여주기부터 했다. 빨리 잡아먹던 어쩌던 앞발로 사냥부터 하라고. 그다지 성능이 좋지는 않았는데, 요새는 심지어 그런 것들을 봐도 신기해하지도 않으니 도무지 벌레잡이로는 못 써먹겠다.

비상사태에 대비하는 집사의 자세

다행히도 아직은 고양이와 함께 살면서 큰일이 터졌던 적은 없다. 크게 아프거나 다쳤던 적도 없다. 사람 얼굴에 재채기를 종종 하는 코찔찔이 삐노가 코로나 시대에 걸맞는 기침 예절을 갖췄으면 좋겠다는 생각은 들지만 심각한 일은 아니니까. 겪었던 중에 가장 큰 일은 둘째 아리가 한살이 좀 지났을 때쯤 끈을 삼켰던 일이었다.

낚싯대 장난감을 흔들어주다가 잠시 옆에 내버려두고 방에 다녀온 사이, 문득 싸한 느낌이 들었다. 돌아보니 고무줄로 된 끈의 끄트머리가 막 아리 입속으로 야물야물 사라지던 순간. 낙타나 소가 되새김질하듯 너무 천연덕스럽고 평온한 표정으로 삼키고 있었다. 큰일났구나 싶어서 머릿속이 하얘진 상태로 녀석의 목덜미를 잡아쥐고 입을 벌렸다. 손가락으로 끄집어내보려 했지만 까끌거리는 혓바닥은 도무지 뱉어낼 줄을 몰라서, 속절없이 목구멍 너머로 사라져 버렸다. 영문 모르는 녀석은 예기치 않은 내 거친 행동에 놀라서는 내 손가락을 뽀득뽀득 깨물어 놓았고.

해볼 수 있는 방법이 달리 없으니 바로 동물병원으로 갔다. 수의사는 아리의 상태를 보고는 어느 정도 길이의 끈을 먹은 거냐고 차분하게 물었다. 두꺼운 고무줄 재질이고 20센티미터쯤 되는 거 같다고 했더니 살짝 미간이 찌그러진다. 꺼낼 방법은 없고 장을 통해 똥이랑 같이 나오면 제일 좋은데 그게 아니면 배를 열어야 할 수도 있다는 거다. 특히나 긴 고무줄 끈이다 보니 장이 꼬이거나 중첩될 정도로 심하면 배를 열고 장까지 열어야 할지도 몰라서 걱정이라고 했다. 우선 기다려보기로 하고 별다른 처방없이 집으로 돌아왔다. 밤을 말그대로 꼬박 새면서 녀석이 토하거나 이상 증세가 있진 않은지 살펴봤고, 화장실을 갈 때마다 따라가서 꼼꼼하게 결과물을 확인했다. 겉으로 보기에 별다른 증상은 없으니 화장실에서 시원하게 빵! 싸질러 버리면 제일 좋겠는데 다녀올 때마다 헛방이다. 먹은 지 반나절이 지났는데도 나오지 않아서 아침 댓바람부터 다시 병원으로 달려갔다. 엑스레이를 찍어보니 조금씩 장뒤로 움직이고는 있는데 생각보다 속도가 느리다고 했다. 다시 집에 와서 똥무더기를 젓가락으로 헤집으며 확인하길 또 반나절.

저녁이 되어도 나오는 건 없고 아리는 평소처럼 신나서 뛰어노니 비몽사몽한 기분에 더해서 이제는 헷갈릴 지경이었다. 잘못 본 건 아닐까, 낚시줄은 그냥 끊어지기만 한 건 아닐까 하고. 정작 병원에서는 이 정도 시간이 지나도 나오지 않으면 배를 열어야 될지도 모르겠다며 엑스레이부터 다시 찍었다. 그런데 경탄스럽다. 녀석의 뱃속을 가로질러 굵고 선명한 줄 하나가 똥꼬 코앞까지 하얀 직선으로 이어져 있다. 자로 그은 듯 반듯한 직선으로. 장을 따라 희끄무레한 구름처럼 가스나 똥이 차 있으니, 그들의 자애로운 인도 아래 무사히 똥꼬로 향하고 있는 중인 걸 확인했다. 다행히 두꺼운 고무줄이 창자를 꼬아버리지 않았고, 지금 이대로 살살 밖으로 배출할 수 있다면 최선이니 좀더 기다리기로 했다. 녀석은 여전히 영문도 모른 채로 내 지극한 관심이 버거워 도망다니기 바빴고, 나는 기쁘고 다행스런 마음에 종종걸음으로 화장실이던 어디던 녀석을 따라다니며 똥꼬 밖으로 기어이 탈출한 선봉대는 없는지 살피느라 바빴다. 그렇게 무사히 지나갔다.

유난히 길었던 올해 장마가 지나고 나니 태풍이 두어 개 지나는 중이란다. 침수된 축사를 피해 마을회관 옥상이나 지리산 중턱의 암자까지 피신해 목숨을 보전한 소떼들 기사를 읽고 있자니 안타깝기도 하고 대견하기도 하다. 우리 집 고양이들이 그런 상황에 맞닥트리면 어쩌려나 문득 근심스러워져서. 고작 천둥, 번개에만도 잔뜩 겁먹고 꼬리를 부풀린 채 식탁 아래로 총알같이 숨어버리는 녀석들이다. 도망치는 길에 나무로 된 마룻바닥 위에서 드리프트도 하고 지들끼리 부딪히고는 또 놀라서 뛰어오를 만큼 뛰어난 겁쟁이들이다. 물론 높은 고지대에, 고층 아파트에 살고 있으니 그런 일을 겪을 가능성이야 높진 않다. 어렸을 적에는 홍수가 나면 신발 벗고 맨발로 학교에 오기도 하고 집안까지 쳐들어온 물을 퍼내기도 했지만 장마철에 물난리 겪을까 걱정하는 일에선 얼추 해방된 셈이다. 그렇지만 그런 일이 또 있으랴, 싶으면서도 역시 알 수 없는 거다. 코로나 시대가 닥치기 직전까지도 누가 이런 상황을 상상이나 했나 말이다.

내친 김에 좀 진지하게 생각을 해봤다. 며칠 전 온라인으로 후딱 해치운 민방위 교육이 자극제가 됐는지도 모른다. 만약 홍수나 태풍으로 창문이 깨지고 물이 들이차면 어떡하지. 바닷가 옆으로 이사갈 일은 없어 보이니 지진 해일은 논외로 치더라도 집이 침수되면 이 고양이 세 마리는 어떻게 챙겨야 하나. 방묘창을 설치해뒀다지만 깨진 창문이나 문 틈으로 패닉에 빠져 도망치면 내가 잡을 수는 있으려나 싶고 냉장고 위나 옷장 깊숙한 곳에 숨어버리면 그건 또 어떻게 찾아내지 싶다. 한 마리에 하나씩 이동장에 겨우 넣는다고 해도, 양손에 하나씩 들고 나면 아내랑 나는 남는 손 하나에 옷가방 하나 달랑 챙길 수 있겠다. 아니지, 그것도 아마 고양이 모래랑 사료로 묵직해질 테니 아마도 옷은 입고 있는 단벌로 만족해야 할지도 모른다. 사람이야 그렇다 치고 대피소던 어디던 안전한 곳으로 옮겨온 후에도 문제다. 이동장에서 풀어놓으면 안심할 수가 없고, 그렇다고 목줄을 할 수도 마냥 안고 있을 수도 없는 노릇. 생각할수록 암담한 일이다.

다른 재해재난의 경우를 상상해봐도 마찬가지다. 지진이 나면 갈라진 틈새로 도망쳐 나가거나 무너진 잔해 아래 좁은 틈새에서 나오지 않을 것 같으니 걱정이다. 핵폭탄이나 원자력발전소가 터지던가 불이 나도 마찬가지다. 내 맘 같지가 않은 거다. 그 와중에 물색없이 화장실이 불편하다고 울어대거나 밥 달라고, 놀아달라고 냥냥거릴 것도 뻔한데 이를 어쩌지. 그렇게 드라마틱한 게 아니라고 해도 심각한 상황은 사실 얼마든지 더 있을 수 있다. 대부분의 유명한 사료나 간식, 고양이 모래가 수입산이다 보니 당장 해외 공장이 멈추거나 무역이 멈추게 되면 때아닌 단식투쟁이나 단변투쟁(혹은 똥밭투쟁)이 벌어질지도 모른다. 혹은 기존에 알려지지 않았던 고양이에게 치명적인 병이 지구적으로 번져나가는 일이 벌어질지도 모른다. 인간들이 그러듯 사료 사재기를 해놓거나 모래로 가득찬 지하 벙커를 만들어줘야 하는 걸까. 게다가 중국에서 코로나 초기에 잘못 알려져 벌어졌던 일처럼 만약 고양이가 특정 병균이나 바이러스를 옮기는 숙주로 지목되면 어쩌나.

어찌 됐든 모든 일의 출발은 저 녀석들을 이동장에 잡아넣는 것부터 시작하는 거란 건 알겠다. 지하 대피소로 대피하던 자동차 안에 다 모여 있던 간에. 아니면 덤벼드는 사람들을 피해 어딘가 두메산골짝으로 도망가던 간에. 길에서 태어난 아이들과는 달리 집에서만 있던 녀석들이니 좀체 사람의 손길을 떠난 묘생이란 건 상상도 못할 일인 거다. 죽이 되든 밥이 되든 마지막까지 잘 챙겨다닐 수 밖에, 오빠이자 형으로. 그렇지만 당장 삐노의 예방접종을 위해 꺼내든 이동장의 그림자만 보고서도 사방으로 순식간에 은신해버리는 녀석들이다. 냉장고 위로 숨어버린 달래는 마블의 영화 〈엑스맨〉의 등장인물 울버린처럼 철판에 발톱을 박아넣고 꼼짝달싹도 않은 채 하악질을 계속 했고, 날듯이 뛰어다니며 도망치기 바쁜 아리는 몸통을 어설프게 잡은 내 손에 역대급의 상처를 남기고 말았다. 아무래도 우리 그냥, 큰일이 닥치지 않기만을 바래야겠다. 아프지도 말고, 다치지도 말고, 그리고 외부로부터 아무런 방해도 받지 않고 오늘도 무사하기를.

고양이에게 피임약과 섹스 토이를!

수컷 고양이에 달려 있는 땅콩을 제대로 본 건 삐노가 처음이었다. 그 전에는 다들 암컷 고양이들이었기 때문에 겉으로는 딱히 두드러지게 보이는 게 없었다. 달래나 아리 모두 한 살이 되기 전에 근처 동물병원을 찾아 중성화 수술을 했어서 삐노도 곧 땅콩을 '수확'하러 가야 할지 고민 중이다. 다행히 수컷은 수술이 좀 더 간단하기도 하고 회복도 빠르다고 들었다. 암컷은 조금이기는 하지만 배를 째고 난소와 자궁을 들어내는 수술이다 보니 엄청 힘들어했다. 수술 부위가 곪거나 터질 수 있으니 그루밍을 못하도록 목에 커다랗고 딱딱한 플라스틱 깔때기를 씌워놓아야 한다. 한참 화를 내며 몸부림을 치다가 잔뜩 지친 상태로 잠든 모습이 어찌나 불쌍해 보이던지. 폭신한 천으로 된 깔때기로 바꿔봐도, 고양이 옷을 사서 수술 부위는 가리되 움직임이 편하도록 적당하게 잘라 입혀 봐도 큰 도움이 된 것 같지는 않았다. 이다지도 스트레스가 극심하다 보니 성격이 바뀌기도 한다는 이야기에, 달래나 아리 모두 어렸을 때의 순하고 애교 많은 성격이 변하지는 않을지 조마조마하기도 했다. 스트레스 때문에 폭식으로 체중이 늘어날 수도 있다길래 잠시나마 식단을 특별히 신경쓰기도 했다.

그런데 이 중성화 수술이라는 게 말이 중성화지 사실은 남성이나 여성의 성별을 지워버리는 게 아니다. 수컷 고양이의 경우에는 고환을, 암컷 고양이의 경우에는 자궁과 난소를 들어내버리는 거세 수술이라는 표현이 좀 더 정확하고 분명한 단어겠다. 내 마음대로 녀석들을 거세해버려도 되는 걸까, 이게 정말 녀석들을 위하는 걸까 자신이 없다. 특히나 아픈데 없이 깨발랄하게 잘 놀던 아이들을 수술하고 나서, 마취도 덜 풀리고 온통 힘이 빠진 채로도 안간힘을 다해 하악질을 하는 녀석들을 봤을 때 그런 생각이 들었다. 영문도 모른 채로 생살이 찢기고 생식기가 망가지는 거니까. 녀석들이 무조건 믿고 의지하던 보호자였을 텐데, 정작 내가 이런 시련과 고통을 겪도록 방치하고 조장하다니, 그 배신감이나 충격이 오죽하랴 싶기도 하다. 그렇게 달래 때도 고민을 적잖이 했다. 한 번 달래가 힘들어하는 모습을 보고 나서는 아리 때도 다시 원점에서 고민했다. 결국 두 녀석 모두 중성화를 시키는 것으로 귀결되긴 했지만, 다시금 삐노를 두고 생각하게 된다.

이 수술이 고양이들을 위해 꼭 필요하다는 건 거의 상식처럼 통용되는 것 같다. 무엇보다도 가장 큰 장점으로 꼽히는 건 관련된 질병을 피해 건강하게 오래 살 수 있게 해준다는 점이다. 아무리 오래 살아도 십여 년에 불과한 짧은 묘생을 사는 녀석들이니, 한두 달이라도 기대 수명을 늘려준다거나 위험한 질병을 사전에 막아준다는 건 굉장히 솔깃한 이야기다. 그에 더해서 발정 때문에 생기는 스트레스를 방지할 수 있고, 가출 욕구가 높아져서 실종된다거나 전염병에 취약해지는 위험도 피할 수 있다고 한다. 어렸을 적 깜깜한 밤에 창밖에서 애기가 보채듯 째지는 울음소리가 문득 시작되서는 그칠 줄 모르고 계속되던 게 기억난다. 시끄러워 짜증스럽기도 하고 문득 소름이 오소소 돋도록 무섬증이 일기도 했다. 그러거나 말거나 길에 사는 고양이들은 본능에 충실했다. 게다가 그렇게 계획되지 않은 출산으로 인한 무책임한 결과를 피할 수 있다는 점도 있겠다. 고양이를 두고 '번식 기계'라고 칭할 만큼 녀석들의 임신 주기는 짧고 한 번에 출산하는 새끼들 숫자도 적지 않다고 한다.

그렇지만 살짝 억지를 부려 보자면, 고양이들이 정말 이런 것들을 장점이라고 여기며 중성화 수술을 기꺼이 받겠다 할까. 고양이가 잔병을 미리 예방할 수 있게 됐다고 좋아할지 알 수 없다. 당장 아픈 곳 없이 건강한 상황에서 생살을 찢고 잘라내는 확실한 고통과 발생할지 않을지도 확실치 않은 질병으로 인한 장래의 고통, 그 두 가지 선택지 중에서 어떤 것을 고르는 게 맞을지는 사실 사람에게도 쉽지 않은 문제다. 녀석들이 바라는 행복한 삶에 그런 식으로 당장의 고통을 참고 견디는 것도 포함되어 있을지 알 수 없다. 사실 오래오래 만수무강하고 싶다는 욕망이 있는지도 알 수 없다. 결국은 녀석들의 의사를 확인할 방법이 없다는 게 문제다. 단순히 말을 못해서가 아니다. 사람이라고 해도 아직 의사 표현을 할 수 없거나 생각을 제대로 할 수 없다 여겨지는 아이나 장애인을 대신해 돌이킬 수 없는 결정이 내려지는 경우가 왕왕 있는 판에, 녀석들이 말을 하는 것만으로는 해결될 일이 아니다. 동등한 인간으로 여겨지지 않으니 문제다. 중성화 수술은 인간이 고양이를 대신해 일종의 지레짐작으로 내려버리는 큰 결정인 셈이다.

좀더 정색하고 하나씩 살펴보자면 더 이야기가 복잡해진다. 아직 몸이 다 성장하지 않은 시기에 고환이나 자궁을 들어내고 나면, 다른 기관에 무리가 갈 수도 있다고 한다. 애초 문제가 생길 수 있는 기관 자체를 제거해버리는 걸 예방이라고 부를 수 있을지도 의아하다. 그런 식이면 정신병 예방을 위해 머리를 제거해버리는 것도 훌륭한 처방인 건가. 어차피 전문 지식이 부족한 상황에 일일이 반박해보기는 어렵다. 다만 수의학자들 사이에서도 중성화 수술을 하는 것이 과연 수명을 연장해주는지에 대한 논쟁이 있다고 하니 영 근거없는 딴지걸기만은 아니겠다. 간략하게만 짚자면, 중성화 수술을 부담할 수 있는 보호자의 경우 경제력이나 돌봄

정도에서 그렇지 못한 보호자에 비해 확연한 차이가 있을 수 밖에 없다는 거다. 적지 않은 비용과 노력을 감수하며 중성화를 시키는 보호자는 평소에도 품질 좋은 사료에 더하여 건강보조제를 챙겨 먹이는 등 적극적으로 건강을 관리해 줄 테고, 질병이나 사고가 발생했을 때에도 치료를 포기하지 않을 가능성이 높을 수 밖에 없으니 상대적으로 오래 사는 게 당연하다는 지적이다.

발정 때문에 생겨난다는 스트레스라는 것도 그렇다. 그것도 녀석들의 본능이라면, 발톱을 스크래쳐에 부지런히 갈아세우고 기분 좋으면 배를 보이며 골골송을 부르듯 그 역시도 함께 사는 사람들이 기꺼이 감수해야 할 부분이라고 볼 수는 없을까. 자연 상태에 있을 때라면 전혀 문제가 되지 않을 행동인데 그저 사람들의 생활 공간과 환경을 쾌적하게 유지하기 위해 억누르겠다는 이야기처럼 들리기도 한다. 실제로 어느 유명한 고양이 사료 제조업체의 홈페이지에서는 중성화 수술의 장점 중 하나로, '보호자에게 시끄럽고 성가실 수 있는 발정기 증상이 줄어듭니다.'라고 큼지막하게 적어뒀다. 시끄럽고 성가시다는 이유로 생식기를 제거해버린다니, 얼마전까지 사람들은 강아지의 성대나 고양이의 발톱을 꼭 같은 이유로 제거했다. 물론 본능에 충실한 결과 아이들이 무지하게 많이 생겨나는 건 문제다. 가장 어려운 문제라고 생각한다. 현실적으로 그 아이들을 전부 거둬서 기르기는 어렵고, 일일이 좋은 보호자를 찾아 입양하는 것도 불가능에 가까우며, 그렇다고 자연에 방사한답시고 내팽개 치는 건 말도 안 되는 일이다.

그래서 진정 고양이 입장에서 생각하자면 이 녀석들이 본능 은 충족하되 결과를 빚어내지 않도록 하는 장치가 필요하 다. 피임약이 됐든 피임 기구가 됐든 아니면 섹스 토이가 됐 든 성욕을 싸그리 지워버리는 것이 아니라 적절하게 해소 하면서 사람들에게 '시끄럽고 성가실 수 있는 부분'을 최소 화할 수 있는 전향적인 방법이 필요한 거다. 다소 터무니없 다고 생각될지 몰라도 이게 인류가 한발 앞서 성욕을 다스 려온 길 아니던가 말이다. VR/AR 같은 신기술이나 구글 글 래스같은 새로운 디바이스들이 가장 먼저 상용화되는 부문 중 하나가 섹스 산업임을 생각하면, 고양이에 대해서도 누 군가 기업가 정신으로 충만한 이들이 약간의 주의만 기울 이면 금세 새로운 시장을 만들어낼 거라고 생각한다. 경기 가 아무리 안 좋아도 교육 시장이랑 반려동물 시장은 줄곧 성황이었다고 하지 않나. 아 정말, 이건 어쩌면 누구도 생각 지 못한 블루오션을 발견한 건지도 모르겠다. '우리 집 눈높 은 고양이들도 짐승처럼 덮치는 매력적이고 안전한 캣닢 토 이!'라거나, '산책냥들이 누구랑 데이트하던 이젠 염려마세 요!'라거나. 글로 쓸 때가 아니라 특허라도 내야 하는 게 아 닌지 싶은데.

잠시 검색해보니 이미 강아지용 콘돔은 미국에서 시판됐단다. 놀랍게도. 역시 하늘 아래 새로운 아이디어란 건 없나보다. 그저 빠른 행동력과 이를 뒷받침하는 자금력이 관건일 뿐. 아직 고양이용 피임 기구는 등장하지 않았으니 다시 원래의 진지한 이야기로 돌아가자면, 결국 이번에도 뜨끔한 마음으로 고백할 수 밖에 없다. 고양이는 무력하다. 내가 마련한 울타리 안에서 성실한 보살핌을 받아야 비로소 안전한, 작고 취약한 피보호자일 뿐이다. 애완동물이 아니라 반려동물이라 부르자며 아무리 동등한 관계인 척 강조를 해도, 녀석들이 주인님이고 인간은 그저 캔따개이자 집사일 뿐이라며 엄살을 피워도 사실은 모두 알고 있다. 우리가 보호자다. 그것도 녀석들의 생사여탈권을 상당 부분 쥐고 있는 절대적인 보호자다. 그런 내가 녀석들을 집에 들여서 함께 하고 싶은 욕심으로 녀석들의 욕망을 꺾고 몸을 아프게 하는 게 맞다. 보호해줄 테니 땅콩을 포기해라, 결국 삐노에게 또다시 내가 하게 될 말을 요약하자면 이렇겠다. 치사한 이야기다.

맥주를 떠나보내던 때

갑작스런 눈이 펑펑 내리던 날이었다. 한남대교를 건너 올림픽대로로 합류하려는데 차가 돌았다. 놀랐지만 입을 꽉 다물고 운전에만 집중했다. 누가 보면 화가 났거나 잔뜩 지친 탓이라 생각하기 딱 좋을 만큼. 뒷차가 바싹 붙어 있지 않아서 다행이었다. 퇴근하고 바로 집으로 오자마자 바리바리 짐을 챙겨 서울 반대편에 있는 친구집까지 다녀오는 길이니 실제로 피곤하기도 했다. 집에 들러서는 매트리스가 하나 겨우 올라간 이층 공간으로 허리를 구부정하게 접고 올라가 녀석이 물고 다니던 장난감 하나까지 남김없이 찾아내느라 낑낑거리기도 했으니. 녀석이 들어 있던 이동장과 큼지막한 화장실이 놓였던 뒷좌석은 이제 텅 비었다. 창 너머 뷰라고 해봐야 턱 아래로 차오른 건물들의 초록빛 방수 페인트가 발린 옥상이 전부인 내 집, 복층 오피스텔로 돌아오니 집도 텅 비어버렸다. 내 첫고양이이자 내가 선택한 첫 가족이었던 맥주를 다른 집으로 입양 보냈던 날의 일이다.

보통은 혼자 사는 사람이나 미성년자에게는 구조한 고양이들을 입양 보내지 않는 게 원칙이라고 했다. 결혼한다거나 본가로 돌아가는 경우에 문제가 생기는 일이 많다고 했던 것 같다. 미성년자는 아니니 그건 됐고, 결혼할 생각도 없고 고양이 한 마리쯤은 건사할 만큼 준비된 집사이니 믿어보시라 큰소리쳤다. 우선 임시 보호를 하며 상대의 신뢰를 쌓기로 했다. 내가 맥주라 이름붙인 녀석과 나 사이에, 그리고 녀석을 구조해온 분들과 나 사이에. 여태까지 고생만 했으니 이제 꽃길 아니 고양이 영양 간식 츄르길만 걷게 해주겠다고 생각했다. 난생 처음 고양이 화장실 뒷처리를 해주는 것도 재미있었고, 어떤 간식과 장난감을 좋아하는지 이것저것 맛보여주는 것도 뿌듯했다. 이주일쯤 지난 후에 믿음이 생겼는지 무사히 계약서를 쓰고 정식 입양을 하게 됐다. 동물병원에 데려가서 예방접종도 하고, 치석이 가득하다는 이야기에 예약을 잡아 스케일링도 했다. 장난감이며 간식캔이며, 하나씩 짐이 늘어났다.

원래부터 가족들은 고양이나 동물을 좋아하지 않았다. 유독 고양이를 좋아하던 나만 예외였던 셈이다. 그러다 보니 독립하게 되면 고양이를 길러서 내 집에 오지 못하게 할 거라던 농담 아닌 농담을 나눴던 적도 있었다. 해외여행 중에 타투를 하고 나서 나중에 이야기를 했던 것처럼, 일단 지르고 나서 타이밍을 보아 말씀을 드리는 게 낫겠다 싶었다. 가족들이 내 집에 들러 처음 고양이를 본 날, 도무지 경계심 가득한 시선이 녀석에게서 떨어지질 않았고 조금이라도 녀석이 곁으로 다가온다 싶으면 소리지르며 의자 위로 피신을 할 정도였다. 새로운 내 가족이 예쁨받지 못하다니 미묘한 기분이었다. 내가 너무 쉽게 생각한 건가 싶기도 했지만, 내가 계속 데리고 책임을 질 테니 문제될 건 없다고 믿었다. 실제로는 녀석 때문에 집에 맘 편하게 들르지도 못하겠다는 불만이 터져 나왔고, 끝내 녀석과 헤어지게 될 때까지 편한 관계가 되지 못하고 말았지만.

그즈음 네 번째로 회사를 새로 옮겼다. 새 회사에서는 출장이 너무 잦았다. 길면 일주일씩 나가게 되는데, 한 달에 평균 두어 번 다녀오면 절반이 비는 셈이었다. 그 사이에도 녀석의 화장실을 치워주고 밥그릇을 채워줘야 하니 가까운 곳에 살고 있는 고양이 좋아하는 친구들을 찾아내어 번갈아 부탁해야 했다. 집 비밀번호를 알려주고 적어도 이삼 일에 한 번은 가서 챙겨주길 부탁하고, 혹시 가능하다면 오래 머물러도 좋으니 좀 놀아주면 좋겠다고 당부했다. 어린 아이 젖동냥하는 심봉사가 이런 꼴이었으려나. 흔쾌히 챙겨주겠다고 한 친구들이 무척이나 고마웠지만 막상 집에 설치해 둔 웹캠 너머로 친구 하나가 맥주를 거칠게 대한다 싶거나 집안 물건을 이것저것 만지는 모습이 보이면 그렇게도 신경이 쓰였다. 출장이 없는 때에도 서울과 수원을 왕복하는 출퇴근길은 멀고도 험했고, 주말이면 본가에 들르다 보니 맥주 녀석은 오도카니 내팽개쳐진 채 방 한구석의 스크래쳐 위에 누워 있는 일이 잦아졌다.

예기치 않게도, 비혼의 결심을 깨고 결혼을 각오할 만큼 사랑하는 사람도 만나게 됐다. 맥주를 함께 챙겨야 하는데 자신이 없었다. 어떻게든 맥주를 책임져야 한다는 생각과, 여러 사정을 고려했을 때 쉽지 않겠다는 생각이 교차했다. 미안함과 자괴감, 자신에 대한 실망과 체념 같은 온갖 감정의 소용돌이에 빠져 허우적대던 때였다. 어느 쪽으로 결심을 세우기 전 고등학교 친구 녀석이 의외의 제안을 해왔다. 고등학교 동창 모임에서 이야기를 하다 보니, 아이가 둘 있는 친구가 아이들 등쌀에 고양이를 입양하려고 찾아보던 참이었단다. 내가 SNS에 올렸던 사진들을 보고서 아이들이 엄청 좋아라 했다며, 괜찮다면 자기 집으로 입양을 보내달라고 했다. 마음이 놓여 흔쾌히 수락하고 나니 뒤늦게 후회가 몰려왔다. 이렇게 쉽게 결정해도 될 일인가, 츄르길만 밟게 해준다고 했는데 맥주 녀석은 또 눈칫밥 먹는 건 아닐까. 무엇보다도 난 이렇게도 책임감이 모자란 사람이었나.

인정하기로 했다. 제대로 챙겨주지 못하고 있었다는 걸 인정했고, 앞으로도 잘 챙겨줄 자신이나 여력이 없는 상황이란 걸 인정해야 했다. 어쨌든 빈집을 혼자 지키게 하느니 아이들이랑 노는 게 맥주한테도 좋을 거라 생각하고 결심을 했다. 그런데 그렇게 짐이 많이 불어났는지는 미처 몰랐다. 친구들을 만나고 며칠 지나지 않아 맥주의 짐을 꾸리려고 하니 그제야 알게 됐다. 최근에 덕용으로 사둔 커다란 사료 포대와 크고 작은 간식캔들, 밥그릇과 간식그릇과 물그릇, 두세 종류의 빗과 발톱깎이, 칫솔과 치킨맛 치약, 스크래쳐와 터널을 비롯해서 좋아하는 장난감들과 여분의 건전지까지 챙기자니 리스트가 끝이 없었다. 커다란 덩치의 고양이 화장실이랑 모래 두어 포대도 챙겼다. 그에 더해서 이동장에 맥주만 잡아 넣으면 비로소 끝이었다. 이 정도의 짐이면 거의 내가 나와 살기로 했을 때 챙겨나온 짐에 비길 만했다. 사람이 하나 움직이는 것 만큼이나 딸린 짐이 많았다. 맥주는 내가 짐을 방 한귀퉁이에 모아두는 동안 얌전히 지켜보고만 있었다.

맥주는 푸딩이 되었다. 아이들에게 맥주라는 이름은 교육적이지 않다며 바꾸기로 했다. 딸아이가 그렇게 이름을 지었다고 했다. 잘 지내고 있는지 종종 전화로 안부도 묻고 사진도 부탁하다가 어느 순간 불편해하는 기색을 느꼈다. 아니, 친구는 정작 별 생각없는데 내 스스로 미안하고 면구스런 마음에 착각했을 가능성이 크다. 이미 저 집의 가족이 됐으니 더는 궁금해하거나 관리하듯 챙기려 드는 게 무례할 수 있겠다고 생각했다. 더구나 친구는 이미 반려동물을 여러 차례 책임져 본 사람인데 그럴 자격이 되지도 않는 사람이 새삼 챙기려 드는 게 우습기도 했다. 여전히 잘 지내는지 궁금하고 가끔은 보고 싶기도 하다. 맥주, 아니 푸딩이 그 신산한 묘생을 살면서 나와 함께 한 짧은 시간이 얼마나 좋은 기억으로 남아 있을지 걱정스럽기도 하고, 실은 기억이나 할지도 모르겠다. 지금도 녀석과 같은 수많은 고양이가 구조되어 누군가의 품에 안길 거다. 임시 보호를 하고 입양을 결심하는 사람들은 정말 대단한 사람들이다. 끝까지 책임지는 사람들을 볼 때면 항상 가슴 한 켠이 서늘해진다.

○ 에필로그

맥주와 달래와 아리와 내가 아는 고양이들에 대하여

사람이 챙길 수 있는 최대한의 지인 수는 삼백 명 어간이라고 한다. 여태 내가 안다고 말할 수 있는 고양이들은 맥주, 달래, 아리와 삐노에 더해서 주변 친구들의 오월이, 미달이, 영달이, 똘망이, 찡코, 뭉치, 토리, 엔조, 토르 정도일까. 아무리 박박 긁어 모아 봐야 삼백 마리가 되려면 아직 멀었다. 덕분에 사람들의 얼굴과 이름을 외우는 데에는 영 소질이 없는 내게 고양이 녀석들 한 마리 한 마리는 더욱 각별하고 기억에 뚜렷이 남아있는지 모르겠다.

어려서부터 길렀던 여러 동물의 기억은 흐릿하거나 분명치 않은 걸 보면 꼭 숫자의 문제만도 아니다. 초등학교 앞에서 멋모르고 두어 번 사서 길렀던 샛노란 병아리들, 커다란 어항을 가득 채울 만큼 늘었던 울긋불긋한 열대어들, 조금 더 커서는 산에서 잡아왔던 다람쥐 두 마리라거나 군대 친구가 맡겼던 싱가폴블루 종의 독거미 타란툴라까지, 무책임하게도 이름조차 지어주지 않았거나 이름을 지어줬대도 금세 잊어버리고 만 친구들이 있으니까.

최근에는 이름을 알게 된 고양이들이 폭발적으로 늘어났다. 그저 감기거나 면역력 약한 아깽이의 병치레라고 생각했던 삐노의 증세가 알고 보니 고양이에게 치명적인 질병의 그것과 비슷하다는 걸 알게 된 이후다. 글쎄 이 녀석이 힙하게도, 코로나 바이러스가 횡행하는 인간들의 글로벌 트렌드에 발맞춰 고양이 코로나 바이러스에 걸렸단다. 곧 터져버리기라도 할 듯 숨을 할딱거리는 조그만 녀석에게 사형 선고를 내리는 수의사의 말을 듣고는 머릿속이 하얗게 날아가 버렸다. 도무지 현실감이 느껴지지도 않고 저게 무슨 말인지도 이해가 되지 않았다. 머리가 멈춘 덕분에 '살릴 수 있다.'는 믿음이 막무가내로 뿌리를 내렸다. 사방으로 찾아보니 정말 방법이 없지는 않아 보였다. 그렇게 알게 된 환묘 가족들은 단톡방에서, 인터넷 카페에서 부지런히 병세와 정보를 공유하고 있었다. 나니라거나 딸기, 곰실이, 라떼나 황금이같은 고양이들을 알게 됐고, 녀석들의 출렁거리는 하루하루를 실시간으로 전해 듣게 됐다.

삐노가 투병 생활을 시작하고야 모든 고양이가 다 건강하거나 무탈하지는 않다는 걸 실감했다. 건강하다는 건 행운에 가까웠다. 문밖에서 사람들의 눈치밥을 먹으며 위험천만하게 사는 녀석이 많다는 것도 알고 있었고, 어딘가의 공장에서는 쉴 없이 새끼만 낳도록 고문당하는 녀석도 많다는 것도 알고 있었다. 몸속 어딘가가 아파서 병원을 제집 드나들듯 하거나 큰 수술을 반복하는 녀석들도 많다는 것도 알고 있었지만, 아는 것과 직접 겪는 건 그렇게도 달랐다. 달래, 아리, 삐노 중에서 삐노가 아프고 나니 온 세상 고양이 중에서 삼분지 일은 그렇게 아픈 거처럼 느껴졌다. 눈물 콧물을 잡으면 설사가 심해지고, 설사를 잡으면 사료 때문인지 알러지 증세가 왔다. 새로운 사료로 알러지를 잡으면 다시 설사기가 돌거나 다른 문제가 생겼다. 흡수가 차서 호흡이 가빠 제대로 뛰지도 못하고 기운 없이 발을 끌고 다니다가 거실 구석으로 숨어 들어가 꼼짝 않고 널부러져 있을 때면 덜컥 겁이 나서 큰 소리로 이름을 불러 깨우기도 했다.

다행히도 조금씩 활기를 되찾고 누나들이랑 뛰어다니거나 사료를 와구와구 먹기 시작했다. 완치까지는 갈 길이 머니 지치지 않고 장기전을 각오하는 게 중요하다. 동물병원에 매일 데리고 가서 주사를 놓는 것도 돈이고 일이라, 집에서 아내와 함께 악다구니를 쓰는 녀석을 꼭 붙잡고서 번갈아 주사를 놓기도 한다. 피를 보거나 주사 맞는 걸 겁내는 내가 심지어 녀석의 두꺼운 거죽을 꿰뚫어 주사 바늘을 찔러넣고는 주삿대를 가득 채운 걸쭉한 약제를 밀어넣고 있다. '책임'이라는 단어를 표현할 수 있는 질감이나 촉감이 있다면 아마도 그때 손에 전해지는 그 느낌이지 않을까. 무섭고 어려워서 벌벌 떨리는. 환묘를 둔 집사들 모두 그런 감각에는 이골이 났을 거다. 누군가는 보험을 깨고, 또 누군가는 자전

거를 팔아서 치료비를 마련하고 있다고 했다. 오랜 투병 끝에 완치됐나 했더니 재발하고 말았다며, 다시금 각오를 다지고 이를 악무는 이들에게는 차라리 전쟁에 나선 장수의 결기를 본다.

사실은, 알지 못하는 고양이들에게까지는 여전히 마음이 쉬이 뻗어가지 않는다. 아픈 와중에도 자기 고양이가 얼마나 이쁘고 애교가 많은지 자랑하거나, 매일같이 사료를 챙겨주는 길냥이들이 어찌나 귀여운지를 보여주려는 사진들이 뭉텅이로 올라오지만 큰 감흥은 없다. 굳이 동네방네 자랑을 할 생각은 없지만, 적어도 아내와 둘이서는 소근소근, 우리 고양이들, 달래랑 아리랑 삐노가 세상에서 제일 이쁘다고 하루에도 몇 번씩 이야기할 생각은 있다. 실제로 그러고 있기도 하니깐. 그래서 더욱 그런 마음이 들었다. 글을 쓴답시고 퇴근 후에 노트북을 붙잡고 있으니 낚싯대를 한 번 더 흔들어주고 털 한 번 더 빗겨주는 게 더 유익하고 가치 있는 일은 아닐까 하고. 지금도 등 뒤에는 발톱 하나를 빼내어 콕콕 등짝을 찌르는 아리가 있고, 스크래쳐에서 다음 사냥을 준비하며 발톱을 다듬고 있는 달래가 있다. 그리고 왜 그래 삐노, 어디가 삐노, 하고 사투리하듯 말을 걸면 자기 이야기인 줄 알고 귀를 쫑긋거리며 포르르 쫓아오는 녀석이 있다. 내게 인연이라는 걸, 책임이라는 걸 가르쳐주고 있는 개인 교사들이다.

산다 | 고양이 집사
진 달래 아리

초판 1쇄 발행 2020년 12월 21일

지은이   윤성의

편집   김유정
디자인   문유진

펴낸이   김유정
펴낸곳   yeondoo
등록   2017년 5월 22일 제300-2017-69호
주소   서울시 종로구 부암동 208-13
팩스   02-6338-7580
메일   11lily@daum.net

ISBN   979-11-970201-3-1 03810